JN262888

霧深い夜，一晩の宿を求めて男が立ち寄った見知らぬ酒場。そこでは，勝ったものが雌豚を見に行く権利を得るという，奇妙なゲームが行なわれていた。それに勝ち，家畜小屋に案内された男が見たものとは……。悪夢のような一夜の体験を淡々と綴り，深く長い余韻を残す傑作「雌豚」をはじめとして，亡き恋人との残酷な再会劇を描く「晩にはどこへ？」，他に類を見ない奇妙な味わいを持つ「青い蛇」など，十六の不気味な物語を収録。ベルギーを代表する幻想小説作家オーウェンによる『黒い玉』と対をなす短編集。

青い蛇

十六の不気味な物語

トーマス・オーウェン

加藤尚宏訳

創元推理文庫

LE LIVRE NOIR DES MERVEILLES (extraits II)

Les Meilleures histoires étranges et fantastiques de Thomas Owen

目次

青い蛇

十六の不気味な物語

翡翠《ひすい》の心臓

もと来た場所に戻る以外に、私はなにを求めただろう……？
シュザンヌ・リラール

艶《つや》のない赤茶色の髪、灰色にくすんだ、クリームを塗りたくったような顔、仮面のような薄笑い、不安げに見える実はぼんやりと虚ろな目、そして、エキゾチックな絹のロングドレスをまとい、エメラルドやアメジストやルビーのとりどりの色で美しく身を飾った、その年老いた——というより年齢不詳の、時間を超越し、生を超越した婦人は、まさに夢遊病者のように、展覧室に入って来た。

私と婦人はすでに目が合っていた。見るからに滑稽で哀れを催すような老婆だったが、私には死そのものの姿のようで、強い衝撃を覚えた。

彼女が入って来ると、この展覧会のオープニング・パーティに招待された客たちの間にざわめきが起こった。接待係の女たちも顔を見合わせて笑いをこらえ、クローク係の女たちはいつまでもひそひそ話をやめず、客の中には、彼女が通るとわざわざふり返って見る者までいた。

アンソールの絵か、フェリーニの映画か、でなければ古代のどこかのグロテスクなフレスコ画からでも抜け出て来たのでないとしたら、このやけに派手な人物はいったいどこから飛び出して来たのだろう？　彼女は体の関節を懸命に動かし、やっとの思いで小股に歩いていたが、歩くたびに関節のきしむ音が聞こえるような気がした。

これは、或る大銀行の黒大理石ばりのホールで開催された中央アメリカ美術展でのことだったが、メキシコとグアテマラを中心に、コロンブス発見以前の大陸文明の珍しい作品を集めた展覧会だった。

この風変わりな、ひどく珍妙に着飾った老婦人はしかし、なにか説明しがたい光輝のようなものを放っていた。神秘的に照明を当てた壁龕《へきがん》の中に、踊り手を象《かたど》ったテラコッタの小像が陳列されていたが、その前でたまたま彼女の横に並んで立ったとき、私はそのことに気づいた。

「これは非常に珍しいものなんですよ」自分の感激を私にも味わわせようとばかりに彼女は言った。「ほら、人物の背中に広げた、あの翼のようなものをご覧なさい……。それから、この真新しく見える信じられないほど鮮やかな土の色……」

声はしゃがれ、顔は白粉《おしろい》を塗りたくった薄ピンク、おまけに髪は色褪《いろあ》せた赤銅《しやくどう》色というこの異様な婦人につかまりたくない気持で、そこを離れようと身構えながら私は黙ったまま彼女の言葉に肯《うなず》いた。

「こっちへいらっしゃい」と、彼女は言った。「とても変わったものがあるのよ」

彼女のどんよりした目に、突然光が、喜びの、というか挑戦の炎がきらめいた。彼女は私の袖を摑んでいた。そして、オリジナルな作品というより、民芸品に近いような小さな立像が並んでいる前に、私を引っ張って行った。

「よくご覧になって」と、彼女は言った。「いっぱい並んだこの素朴なちっちゃな像の中に、今あなたに話しかけている人間と同じ人間とわかるものが、一つありますよ」彼女はおかしそうに笑っていた。「ええ、もちろん、その人間というのはわたしのこと。数百年の時代を超えた、驚くべき遭遇というわけね……」

そこには、穀類をつぶしたり、荷を担《かつ》いだりしている小さな女や、楽士や、大きな盾の陰に身を潜めた戦士たちの像があった。

「さっぱりわかりませんね」と、私は言った。

「だめねえ。見たら、びっくり仰天よ」

実際、私は仰天した。小さな像の間に、奇妙な組み合わせの、やや鈍重そうなひとつがいの犬を象ったものがあった。そして、雌犬のほうが、それまでその顔が目につかなかったのだが、まさに私の話し相手の顔そのもの——動物であるためにわずかに変形しているが——だった。

「どう、ご感想は?」

「不思議ですねえ!」

「この動物の表情は、紛れもなく人間の表情でしょ。同じ表情のものが、ここに陳列された他のたくさんの作品の中に見つかるわ。古代文明期のテラコッタや陶製品には、よく見られる表情ね。実は、わたしの家には、ここでご覧になるものより、もっとずっとびっくりするものがあるの。もう何年も前になるけど、主人がメキシコ駐在大使をしていたとき、ヴェラクルスから持ち帰ったものなのよ」

まちがいなく、私はがっちりつかまってしまっていた。彼女からコレクションを見に来いと誘われたとき、それを悟った。

私の驚いた様子を見て、彼女は思わず笑ったが、その笑いになにか思いがけない若々しさがあった。

「殿方のお年寄りたちは、日本の浮世絵を見に来ないかと若い女の方を誘いますけれどね！」

私たちは型どおり名乗り合い、それから時間をたっぷりかけて念入りに展示品を見て回ったが、それもこの無料奉仕のガイドの博識と大変なご機嫌のおかげで、いちだんと楽しい見物になった。

私たちは一緒に出た。クロークで、私の顔を知っている係の女たちが、ぎょっとしたように私の顔を見た。正直なところ、このオルメック（BC一〇〇〇－BC三〇〇頃に文明が栄えたメキシコ湾の古代民族）の女帝のような服装をし、ミイラのような顔をした女性を連れて人前を歩くことに、私もかなり当惑を覚えていた。彼女はなんのためらいもなくすでに私の腕をとり、寄りかかるようにして歩いていたが、実は展覧会を見て回って疲れたのだった。私の車は近くに置いてあった。彼女は難渋しながらやっと車に乗り込んだ。気の毒に、関節がひどくこわばっていて、体のあちこちがぼきぼき音をたてた。しかし彼女は落着いたもので、バックミラーを覗き、その赤茶けた髪をなおしてふくらみをつけた。彼女は、今や評判は落ちているが、それでもまだ貴族的な豪華な屋敷が残っている郊外に住んでいた。もっともそういう屋敷も、そのほとんどが種々様々な借家人に安く貸され、ドアも窓枠もすっかりペンキを塗り替えなければならないような状態になっていたが。

途中、ずっと彼女は黙ったままだった。眠っているのだろうと思ったが、死んでいるのだろうかと思ったりもした。なにしろ、彼女の口から息の音がまったく聞こえなかったからだった。

言われていた番地に車を止めると、彼女は、今度はかなり身軽な動作で車から出た。そこは、正面に三つの窓があり、磨《す》りガラスのはまった鉄製の正面扉がある、時代を経てうす汚れた、青い石造りの大きな家の前だった。

老女はハンドバッグの中を探し、すぐに鍵を見つけると、どうぞとドアを大きく開けてくれた……

博物館のような、埃《ほこり》や古絨毯や古びていたんだ布地の異様な臭いが、私の顔面を襲った。

「亡命者たちの匂いよ」と、女主人は笑って言った。「過去の匂い。過去は、祖国を逃げ出さざるをえなかった者たちの最高の財産ね。過去は、亡命者から奪い取ることができない唯一のものですからね。おかげさまで、わたしには、まだ他に手放さなくてすんでるものが残っているけど。これからご覧にいれるわ」

彼女は活発な足どりで私を階上へ案内したが、その歩きぶりは、つい先ほどの死んだような無気力さとはうって変わったものだった。

彼女は、家具としては粘土色の革の大きな長椅子と、その前に置かれた黒石の低いテーブルがあるだけの、いたって飾りけのない部屋に私を招じ入れると、椅子を勧めた。そして、いろいろな酒瓶とグラスの入った丸い籠を私の前に置いた。

「ご自分でなさってね」と、彼女は言った。「すぐに戻って来ますから」

私は、どういうことになるのかと思いつつ、ゆっくり酒を選び、二度おかわりをして飲んだ。

女主人は唇に笑みをたたえて、じきに姿を現わした。着替えて、今はゆったりとした翡翠《ひすい》色のガウンをまとっていた。ヒールが金色の黒靴は、革紐の鼻緒がついたごくシンプルなサンダルに履《は》き替えていた。彼女の足は、予想外に疲労の跡もなければ、形も崩れていない、若い女の足をしていた。

「わたしは不思議な〈二つにまたがる世界〉の中に生きているのよ」と、彼女は私の傍《かたわ》らに坐りながら言った。「非常に遠い過去の中と、とどめようもなく流れていくこの現在の時の中と両方同時にね。それで、自分が今どうなっているのか、はっきりわからない始末なの。生と死の掟《おきて》を免れているように思ったりするときもあるけど、そんなときには、わたしにはすべてのことが許され、約束されているような気がするわ。でもそうかと思うと、うねり寄せる大波よりも恐ろしい不安が押し寄せてわたしを呑み込んで、わたしは足を取られ、ひっくり返り、溺《おぼ》れてしまうの……。どっちともつかない曖昧な状態がどれほどつらいものか、かといって、そこから抜け出そうとすればどんなに衰弱し、精根尽き果ててしまうか、あなたにはおわかりにならないわね、だってそこから抜け出すには、今言ったようなことをまた味わわなければいけない、恐ろしい苦しみと恐怖が待っているんですもの」

話すにつれて、私の話し相手は血色を取り戻し、体もくつろいできた。それればかりか、次第に若さが甦《よみがえ》ってくる不思議な現象さえ生じていた。

「救われる道は」と、そのとき彼女は笑いながら言った。「あべこべに生きること」

彼女は私の手にそっと触ったが、数分前ならぞっとしたにちがいないこの仕草が、私の心を悩ましく掻き乱した。不埒《ふらち》なことを考えると頬がほてってくるものだ。文字どおり、私の顔は燃えるようだった。

それから私たちは立ち上がって、ゆっくりと別の部屋に向かった。その部屋は、ランプもスポットライトも目につかなかったが、技巧を凝《こ》らした照明で明るく照らされていた。部屋は生糸地の壁布を貼りつめてあり、古代の小さな立像を並べた、磨かれた金属の陳列台が壁沿いに置かれていた。

陳列台の中には、抱き合った恋人たちや、重なり合った動物や、仮面をつけた踊り子や、かなり古い時代の職人とおぼしき人々の小さな人形や、恐ろしげな悪魔や、男根人像などが置かれていた。質の高いこれらの美術品は、みなどれもユニークで極めて珍しいものだったが、私の注意はそこをそれて、美術館のようなこの部屋の中央へ絶えずひきつけられていった。そこには、まるで秘密の神殿の真ん中に立つ女神とでもいうように、少女ほどの背丈の像が据えられていた。だがこれはまさしく、みごとに均衡の取れた成人女性の立像だった。この像と並んで立つと、私たちの顔と像の顔は、ちょうど同じ高さの位置にあった。それは精巧な焼きの粘土像で、その化粧土は漆器の木目模様を思わせた。これほど心をゆさぶる、生き生きとした、そして驚くべきことに、顔の目鼻立ちをはじめ、これほどここの女主人にそっくりな像は他になかったろう。

なにしろ、私の傍らに立っている女と、何世紀も前に、名の知れない陶芸師の手によって生み出されたこの形式美の理想というべき女性像は、啞然とするほどよく似ていたのである。私の傍らの女は今やもう老女ではなくなっていた。そして、黙したまま胸をあらわにし、若い女神像――それはまさに女神だった――の上半身と自分のそれが瓜二つであることを私に示そうとしていた。そうしながら、彼女は周囲に妖《あや》しい幻惑を引き起こしていたが、私はその中で、完全に批判力と現実感覚を失っていった。

私の傍らにいる、それまで私の目に老いて、肉は落ち、容姿も崩れて見えた女が、今はその均衡美と肉の引き締まった体を取り戻し、数百年もの時の破壊から生き残ったこのほれぼれする若い女性像にひけをとらない姿を見せていた。

そして、不可解な現象が起こった。今となっては、それがどのように起こったか正確に辿《たど》ろうとしてもできない。私がうっとりと魂を奪われていた立像が、徐々に女主人に入れ替わっていくように、というか、おそらく女主人がなにかの魔法によって、精巧なテラコッタの美しい姿に溶け込み、一体となっていくように思われた。今、私と向かい合い、私が腰に優しく腕を回しているこの新たな人物像に残っているものといえば、今宵《こよい》初めて会ったときの、あのアンソールの仮面のような顔のうちで、赤茶色の髪だけだった。だがその髪も、今や生き生きと健康的で、嵐の前の猫の毛並みのように電気を放っているように思えた。

そうして私はなにをしたのだろう、あるいは、彼女はなにをしたのだろう？　私が飲まされたのはなんだったのだろう？　どうにも思い出せないが、しかし、冒瀆《ぼうとく》的で捨て鉢な欲望が私を痛いくらいに刺激し、抵抗しようもなく掻き立てられた情熱に私は身を任せたように思う。ただ、たまさかの情事で生じるような抑えようのない好奇心だけでなく、同時に、あの短い精神的な美の瞬間的な訪れ、ただ快楽だけが求められるときにさえ愛の観念を芽生えさせる、あのかすかな魂の炎を、私は覚えている。

それからだいぶ経って、私は正気に返った。みごとな立像はもう台座の上になかった。一緒だったあの女性の姿もなかった。だが、私の体の下や、周りや、横たわっていた分厚い絨毯の上に、テラコッタの破片と、埃と、シャベルに何杯ぶんかのみすぼらしい人骨と、ひとつかみの赤毛が散らばっており、そして、謎の、二重の幽霊の残骸としてわずかに残ったこれらの貧相な遺物の真ん中に、最初はタゲリの卵かと思ったが、奇跡的に表面も滑らかでなんの損傷も蒙《こうむ》っていない、ハート形をした、ブルーグレーの翡翠の塊りがあった。しかし、それはまさしく、光沢のある、掌《てのひら》にのせてずしりと重い、一個の心臓だった。

——しかも、ほら、それは今もこうしてここにある……

甘美な戯《たわむ》れ

子供の頃から、私はすみれと音楽が好きだった。

ウラジミール・ナボコフ

ド・R…夫人はまだ老人ではなかった。かつては大変な美人で、だれもが認めるほど艶《あで》やかな女性だったが、その年齢を過ぎてもなお、不思議な魅力と、無類の如才《じょさい》なさと、洗練された緻密なものの考え方を失わないでいた。彼女は朗《ほが》らかで、控え目で、教養があった。また話をするのでも、婉曲にものを言う微妙な話術を心得ていた。

ド・R…夫人は背が高く痩せていた。お洒落《しゃれ》をいやがるまさに本当のお洒落から、彼女は、いつも黒い服を身にまとっていた。その微笑はとても温かい感じがし、褐色の目はとてもにこやかで、そのほっそりした手は丹念に手入れされ、透き通るようだった。その手に触れて喜ばない者はなかった。

ド・R…夫人と十五分も話をしていると、だれもが彼女の年齢を忘れてしまうのだった。しかも、その年齢がわからないだけに、よけいそうだった。せいぜい、時折する昔の思い出話で、彼女にはずいぶん遠い昔からの知り合いがいることがわかるぐらいだった。

彼女は素晴らしいアパルトマンに住んでいたが、窓はほとんど人の目のとどかないひっそりした庭に面していて、そこから土や木の葉のいい匂いが立ち昇ってきた。ああ！　このアパルトマン！　こんなアパルトマンに私も暮らしたいものだった。だれにももう絶対に真似できないほどみごとに飾りつけられた家具。非凡な、個性的な趣味で、ここには古めかしくて脆《もろ》い、無数の細々《こまごま》した貴重品が揃っていた。羽根、貝殻、糸ガラス細工の馬、乳白ガラスの工芸品、房飾り、鏡、古代レースといったものの一大世界。これらのどれ一つとして、埃《ほこり》をかぶっているものはなかった。過去の匂いもまったくなかった。それどころか、みな清潔で真新しく、思いがけない、やや背徳的でじつに恐ろしくなるほど魅力を持ったものばかりだった。

ド・R…夫人は、偽物やはかない命のものを、いささか度外れなほどの愛情を傾けていとおしんでいた。

私は定期的にド・R…夫人の家を訪ねていた。あまり客を迎え入れない家だったが、私はちょうどお気に入りの甥といったように、親しくご機嫌伺いに行っていた。ド・R…夫人は私の訪問を喜んでくれた。彼女は、私が日常会う人間たちの話とか、役人の生活や上流社会の小さなこぼれ話を聞くのが好きだった。とりわけ、いくぶん刺激的なゴシップや、不謹慎な逸話をなにより好んだ。

「さあ、またつくり話を聞かせてちょうだい」と、彼女は言った。

色事から引退した彼女は、その余薫《よくん》を味わっているというわけだった。

「あなたったら、ひどく意地悪ね」と、ときどき彼女は、可愛《かわい》らしく頭を垂れ、私を横目で見ながら言った。そして、それからこうつけ加えるのだった。

「だからあなたが好きなんだけど」

しかし彼女は、私のことを本当に好きなわけではなかったろう。これは言葉のあやというものだ。

彼女は自分の話し相手に、当然ながら貧しく、控え目で、献身的な、若い親戚の娘を置いていたが、娘は文句のない美貌を持ちながら、それを発揮するチャンスがまったくないのだった。他の人間のためにある快適な環境の中で、苦い思いを味わいながら暮らすというのは、この種の女の宿命なのだ。

ブロンドの、もの静かで、ちょっと淋しげなこの若い娘は、オノリーヌ嬢という名だった。私は、彼女とはめったに顔を合わせなかった。ド・R…夫人は、私が行くと、品良くそっと彼女を退《しりぞ》かせるのだった。

それに私も、文なしの女性とつき合えば幻滅と気苦労しか得られないことを何度も苦い体験で知っていたから、賢明なところを見せて、彼女に関わらないようにしていた。

オノリーヌ嬢のほうも、私になんの関心も見せなかった。それどころか、どうも女主人が女性的な策謀で巧妙に私のことを警戒させているという感じで、殊更《ことさら》無関心に、かすかな敵意すら見せて、私に応対しているようだった。

或る日、ド・R…夫人は重い病に倒れた。

行ってみるとドアが閉ざされ、そのまま面会謝絶が何週間も続いた。それでも最初のうちは、きちんきちんと様子を伺いに出向いた。友人の容体は、かんばしくなかった。彼女に会わせろとせがまないでほしいと私は言われた。それが彼女の意志だということだった。辛抱して待つようにと。体が回復して、来てもらえるようになったら、かならず呼ぶからと……

私は仰《おお》せに従っていたが、やがて我慢できなくなった。だが、オノリーヌ嬢が支配権を握っていて、明らかに私を寄せつけないでいるのだった。だが、意地を張ってみてもしようがなかった。

ド・R…夫人は、完全に回復するのを待ってから、やっと私に来てほしいと言ってきた。「見栄よ！」と、電話で彼女は笑いながら言った。「わたしの年になると、病気で弱った体を人に見せたくないのよ。でももう、いらっしゃってかまわないわ。ちゃんと治りましたから。まだかなり疲れてはいるけど――歩くのも実はやっとなの、本当に――でも気持は張りきっているし、顔ももちろん、もとどおり、老《ふ》け込んではいないわ……」

すぐその晩、私は彼女のもとを訪れた。こうしてつき合いは旧に復したが、なにか奇妙だった。雰囲気がだいぶ違っていた。そして、オノリーヌ嬢が初めて会話の場に加わってきた。最初から私は、二人がなにか示し合わせていることをはっきり感じた。いったいどんなことを企んで私を巻き込もうとしているのだろう？

ド・R…夫人は少々芝居がかった態度で私を迎え、きちんと背筋を伸ばして坐っている自分の大きな肘掛椅子の傍《かたわ》らに坐らせた。彼女はほとんど変わっていなかった。そればかりか、その目は、今までになくきらきらと輝いているように見えた。彼女は再会を喜び、感激というより興奮気味で、いわば気持の高ぶりを抑えるようにしながら、陽気に振舞っていた。

ほとんど時を移さず、呼ばれもしないのに、オノリーヌ嬢が笑みを浮かべながらちょっとぎごちない様子で入って来て、庇護者の傍らに立った。相手は優しく彼女の手をとって、安心させるように軽く叩いた。

「ね、ほら」と、夫人は私に向かって言った。「今日は、この可愛い子、とってもきれいでしょう……」

そのとおり、オノリーヌ嬢はきれいだと言ってよかった。私の面白そうな、驚いたような視線に合って、彼女は、半ば嬉しそうな半ば怒った様子で目を伏せ、それから不意に、私を正面から見据えた。挑戦と同時に媚《こび》の浮かんだ不思議な目つきだった。

ド・R…夫人は気に留める様子もなく、チャーミングな屈託ない態度で、自分の病気のことを私に語って聞かせた。彼女は無理に逆らわず、上手に老いを迎えているのだった。私のほうは、最近の出来事のちょっとした報告をした。精一杯面白おかしく話したつもりだが、どうもだめで、なぜか会話に活気がなくなっていった。言葉も途切れがちになった。ド・R…夫人は快活にしてはいたが、時折ふと黙りこくってしまうのだった。なにか他のことに気を取られ、考えごとをしているようだった。おまけに何度も、いつになく、ヒステリックなほどの短く乾いた笑い声をたて、まだ立ったままのオノリーヌ嬢の肘と私の膝を軽く叩いた。彼女の心の中に、或る苛立《いらだ》ちがあるのを、長い間考えてきたことを口に出して言いたい気持があるのを、私は見て取った。

突然彼女は、オノリーヌ嬢にお茶を持って来てほしいと頼み、その彼女のいない間を利用して、急いで言った。

「気がついて？　あの子、お化粧してるのよ」

そして、この言葉を口にしながら、ちょっと頰を染めた。

彼女はなにか異様な興奮に捉えられ、それを抑えることができないでいた。そしてつけ加えて言った。

「あの子は素晴らしい体をしてるの」

この言葉は意外だった。ド・R…夫人は、いつもはこんな言葉を口に出して言う人ではなかった。それでも、私は思わず笑いだし舌舐めずりするような表情をしてみせたが、夫人はそれを面白がって、

「あなたときたら、おどけた真似がお上手なのねえ」と、ほとんどうわずったように言った。

「ほんとに悪い子！」

私は全然、自分が悪い子などと感じていなかった。ただ、ちょっと当惑気味なだけだった。

お盆にカップをのせてオノリーヌ嬢が戻って来ると、われわれの会話は途切れ、気詰まりも消えた。私はしかし、この若い娘を横目でこっそり観察した。なるほど彼女は素晴らしい体をしていた。私は初めてそれに気づいたのだった！

それからしばらくして、訪ねて行った私に対し、ド・R…夫人はさらにいちだんと奇妙な迎え方をした。彼女は長椅子に寝そべったまま、私を招じ入れた。足元の床にはクッションが散

らばっていた。その間に囲まれるようにして、オノリーヌ嬢がブルーの絹のネグリジェ姿のままでいた。彼女は両膝に顎をのせ、両腕で脛《すね》を抱くようにして坐っていた。髪を解いて背中に垂らしていた彼女は、私にはとてもきれいに見え、いつもよりずっと若く思えた。彼女は屈託なくにこやかに微笑《ほほえ》んでいた。ド・R…夫人も笑みを浮かべていた。そして、この快い光景を見て、こちらももちろん、魅惑的雰囲気を壊さないように無言で微笑み返した。

ド・R…夫人は、すぐに恋愛のことに話題を持っていった。私はそうくるだろうと思っていた。オノリーヌ嬢もそうだった。二人で「そらきた！」とばかりに、目くばせをした。

ド・R…夫人がこれを見逃すはずがなく、笑いだしたが、芽生えはじめたムードに明らかに満足しているようだった。

「わたしを馬鹿にしちゃだめ」と、彼女は言った。「長い間の経験を信じてちょうだい。あなたがたもあとになって、恋や快楽を手にしないまま無駄に失った時間を、悔むことになるんだから……あら、この二つは区別して考えるべきじゃないわ。互いにとても密接なものだし、謎に満ちているんですもの。心というものは、いつも肉体をいくぶん縛っているし、官能も、結局は心を縛るものよ……」

彼女は、長椅子に頭をもたせかけていたオノリーヌ嬢の髪を優しく撫《な》で、それから、私の頬を軽く指ではじいた。

「今だって、手に入れようと思えばなんでも手に入れられるわ」と、彼女は続けた。「だけど、生涯の終わりに来ると、他のことより、昔思い切ってやれなかったことが悔まれてしかたがなくなるものなのよ」

そう言って彼女は、合意済みの役割を思い出させようとでもするようにオノリーヌ嬢を見つめたが、若い娘のほうは、彼女への誠意と当惑の両方の気持からちょっとうつむいてしまい、私に乳房の秘密を半分ほど覗かせた。

沈黙が生じていた。恐ろしいほどの沈黙だった。異様な緊張が三人の間に高まり、三人を密接に近づけると同時に金縛りにした。なにかが音をたてて砕けようとしていた。私は、馬鹿みたいに胸をどきどきさせていた。

はるか遠くから聞こえてくるように、ド・R…夫人の声が聞こえてきた。

「あなたがたはなんて素敵なカップルなんでしょうねえ！　もっとよく見えるように、ちょっと立ってみてちょうだい」

小さな手が私の手をとり、若い娘と私は、素直に揃って立ち上がった。

「彼女のそばに寄ってみて……そう、それでいいわ。素晴らしいわ。あなたのほうが頭一つ大きいのね……これでも、彼女はたいして重くないのよ。抱いてもちっとも重くないはずよ、請け合うわ」

老獪《ろうかい》な手だった。私は、気づかぬふりでそれに乗った。私は小さな女の子を持ち上げるようにオノリーヌ嬢を持ち上げた。羽根のようだった！　絹地の下に彼女の脈打つ体を感じたが、彼女は少しも身を硬くせず、なすがままになっていた。だが私は、そのまますぐに彼女を下におろした。こういうことにひどく不安を覚えたが、同時に、非常に強い誘惑をも感じたのだった！

「あなたたち、子供ねえ！」と、ちょっとしゃがれたような声でド・R…夫人は言った。「ほんとに、あなたたちだけで放ってはおけないわ……」

私たちはちょっと戸惑いながら腰をおろし、顔をそむけ合っていた。

「ねえ、オノリーヌ」と、ちょっと黙っていたあと、開いた窓のほうをじっと見ながら、ド・R…夫人は言った。「大事なのは、それは……それは……」

それから、ほとんど叫ぶように言った。

「その娘にキスをするのよ、馬鹿ね！」

こういうことに手間どることはない。私は、抵抗されることなくそれを果たした。数秒後、私はいくぶんぼうっとなったまま、オノリーヌの背に胸をぴったり合わせ、彼女を固く抱き締めていた。二人とも目を閉じていたように思う。私の心臓は早鐘のように鳴っていた。そして、もう一つの心臓が、柔らかな檻《おり》の中で怯《おび》えている小さな獣のように鼓動するのを、私は手の中に感じていた。

ずいぶん長い間そのままでいたが、それから、ド・R…夫人がふたたび話しだした。だが私は、きっちり正確に彼女の言葉を伝えることはできないように思う。それほど、この場の雰囲気そのものが彼女の謎のような言葉とひとつに溶け合っていて、言葉だけ取り出すことができないからだ。

今になって私は思い出す、私の肩に掛けた彼女の押さえつけるような、苛立った手と、私のほうに向けたその顔を。なんという表情だったろう！　まるで、苦痛に苛《さいな》まれているかのようだった。薄い唇から、今なお美しい歯が覗いていた。目には、その素晴らしい褐色の目には、不気味な錯乱の色が浮かんでいた。とうとう、彼女は頭を垂れた。

「もう帰ってちょうだい」と、彼女はごく低く呟《つぶや》くように言った。「もう、限界。我慢できそうにないわ」

彼女は無理に短い、乾いた笑い声をたて、そして溜息をついた。

「さあ、わたしを一人にしてちょうだい……」

二人ともいづらくなって立ち上がっていた。すぐに、私は暇《いとま》を告げた。オノリーヌは廊下まで私を送って来た。私は親しみをこめて、彼女に手を差し出した。彼女は目に入らないふりをした。

「いったいあの人がわたしたちになにを望んでいるか、わからないんですの？」と、彼女はきつい口調で言った。

私はすまない気持だった。

「ぼくを恨まないでくださいよ」

「あなたを恨んでなんかいないわ、そうじゃなくて、あの人をよ……」

彼女の顔は閉ざされ、その眼差《まなざ》しには恨みがこもっていた。あえて推察する気にはなれなかったが、彼女は夫人からどんな秘密を打ち明けられたのだろう？

外に出ようとしたとき、快活そのもののド・R…夫人の声がふたたび耳に届いた。

「月曜にまたいらっしゃるわね？　いつもどおりに。また、お話の続きをしましょう……」

私たちがふたたび話の続きをすることはなかった。二日後の早朝、オノリーヌの冷やかな声が電話口で告げた。

「昨夜、あの方が亡くなりました……」

その報《しら》せを聞いて、私は胸の真ん中をぐさっとひと突きされたような気がした。ド・R…夫人の家に飛んで行くと、オノリーヌが大切な友人を迎えるように迎えてくれた。

「あの人は死にました」と、彼女は飾りけなく言った。「鎮静剤を飲みすぎていたんです」

私の頭に明白な事実を叩き込むように、有無を言わせぬ口調で彼女はそう言った。彼女は、冷静な、断固とした様子で私を見つめていた。

「あなたは知らないはずはありませんわね、あの人が何種類か薬を常用していたことを、そうでしょう？」

「そうだろうとは思っていた」と、私は認めた。

私たちは客間へ入って行った。生きた夫人の姿を最後に見たその長椅子の上に横たわって、今ド・R…夫人は眠っているように見えた。私は彼女の傍らにひざまずき、その手に接吻した。

「お医者さんを呼ばなきゃいけないと思うんですけど」と、オノリーヌが言った。

「じゃ、まだ呼んでなかったんですか？」

彼女は両眼に手をやり、それから身をこわばらせて言った。

「あなたにお会いしてからと、待っていたんです」

この瞬間、どれほど多くのことが私の脳裏をかすめたことだろう！

「本当に解放されたんだわ」と、オノリーヌは呟いた。

私はその意味を理解するのが恐かった。

「解放って、だれが？」

「もちろん、あの人のことですわ。ひどく苦しんでいたんですから」

その声には恐ろしく権柄《けんぺい》ずくな響きがあった！　挑戦の響きが！　この間の晩に私がキスしたのはこの口だろうか？　身をゆだねきって私の腕の中に抱かれた女はこの女だろうか？

「あの人は鎮静剤を飲みすぎていたんです。あなたはそれを知っていたんですわ」

私は、悲劇的な様子で立ちつくしているこの女と向かい合って立っていた。私はその肩を摑んだ。彼女は異常に厳しい目つきで私を見つめ続けていた。私は彼女を揺すぶった。今にも私に嚙《か》みついてくるのではないかと思った。彼女は妙に顔をしかめた。それから、とうとうその目から静かに涙が流れ出した。

「そうだ、ぼくは知っていたよ」と、そのとき私は言った。「医者に電話をしようじゃないか」

そして私は、自分も涙がこぼれ出るのを感じた。

晩にはどこへ？

私は、苦悩に苛《さいな》まれた思い出の存在がますます大きくなるのを感じるばかりだった……

クロード・セニョル

それは、戦禍を蒙《こうむ》ったおかげで旧市街のまん真ん中に新しい建物が立ち並ぶあの異様な町、ブレーメンでのことだった。私は、日が落ちて次第に暗くなっていく町の通りを、当てもなくぶらついていた。

ここにはこれまで一度も来たことはなかったのだが、それなのに、この同じ瞬間をすでに体験したことがあるような感じがしていた。正面に彫刻を施した広場の建物の構えとか、大聖堂の鐘音とか、独特な周りの雰囲気だとかに、ぼんやりとした記憶が呼び醒まされ、私の心は妙にそれに引きずられて、その記憶をはっきり甦《よみがえ》らせようと努めるのだった。それは最近見た夢だろうか、ずっと昔の夢だろうか、突きとめることのできないかすかな昔の思い出だろうか、未来の投影だろうか？　私には、どれとも言えなかったろう。

私は立ち止まって市庁舎の壁に寄りかかり、ローランの銅像にじっと目を据えていた。巨《おお》きな騎士の鎧《よろい》の膝当てに突き出た残忍そうな鉄の剣先を見つめながら、意識を集中させようとした。

私は、今と同じような、ただしもっとはるかに大きな町の大通りや広場を大股で歩いている自分の姿を思い出していたが、歩いて行くにつれて町の大きさが次第に広がり、めまいのするほど長い石柱の列が立ち並び、そのあとにゴシック様式のアーケードが続き、そしてまた、中庭に面したいくつもの柱廊があって、その中庭の突き当たりにいくつもの豪奢《ごうしゃ》な宮殿が見え、私が近づくにつれてそれは遠ざかり、それと私の間に越えることのできない果てしなく大きな石畳の広がりが生じていくのだった。

とある建物の角を曲がり、河辺に出たが、そこには人けのない河岸通りに沿ってはるか先まで、無数に並ぶ街灯が、油を流したような水面《みなも》に光を映していた。私はものすごく大きな、まったく桁外れな大きさの、しかも絶えず大きくなっていく都市の中を歩いているのに、だれとも出会わないのだった。

時折日曜の特定の時間などに、いつもはとても賑やかな界隈が不安なくらいがらんとした光景を見せることがあるが、それと同じように、人のすべての生活が奥に隠れてしまっているみたいだった。

私は無理にも精神を集中して、このめまいが起きそうなくらいかすかな記憶をしっかり思い出そうとした。このかすかな記憶のせいで、不快に似た不安な気持が私の中に高まってきていたのだ。しかし、思考の糸は絶えず途切れた。私は或る公園に入って行き、散歩道の玉砂利をざくざくと踏みしめている場面を思い出した。

そこには、あらゆる種類の動物を象《かたど》った、ときには桁外れに大きなモニュメントの群像として配置されたブロンズ像が並び、雄牛や、爬虫類や、ライオンが無言のまま、恐ろしげに格闘している姿が眺められた。

　それから私は、通り抜けるのにひどく時間がかかってしまうほどの、丸天井が湿気でじめじめした凱旋門の下をくぐって、店先を鉄の鎧戸で閉ざした商店が立ち並ぶ小さな広場に出た。そこには確かに行ったことがあった。駐車を許可する標識板が目に浮かんだ。その近くに私の車を駐車しておいたのだ。しかし、それは本当に私の車だったのだろうか？　もっと先に、坂になった通りがあって、そこの或る家の車の出入口の角で、様子を窺《うかが》っているような一人の老婆の姿を見かけたのだったが。


　こうした半ば忘却の淵に沈んだ記憶に悩まされながら、私は頭を振り絞って、この苛立《いらだ》たしいジグソーパズルの断片を繋《つな》ぎ合わせようとした。そして、その虚しい努力に、今にも理性がぐらつきそうになるのを感じた……

　私のいるところからあまり離れていない歩道の縁で、数人の人がバスを待っているらしかった。妄想から逃れようと、私は機械的に彼らのほうへ進んで行った。

　さっきの記憶はみんな夢だったのだろうか？　実際の体験だったのだろうか？　それとも、頭が混乱して、現実と想像上のことの判断がつかなくなり、旅と読書と芝居の記憶が入り混じってしまったのだろうか？

　私の傍《かたわ》らに、辛抱づよく待っている遅い帰宅者たちのグループの中に交じって、無帽で、黒っぽい服を着た、渋いエレガントな男がいるのに気づいた。顔は青白く、物腰は横柄そうだった。白髪だったが、顔つきには若々しさが満ち溢れている感じだった。彼の冷やかな目と目が合ったが、その冷たい目つきを見て、私はまた頭が混乱してきた。

私は、すでにこの男に会ったことがあるような気がした。彼の存在は疑いもなく夢と混じり合っていたが、その錯綜した夢を解きほぐそうとしてもできなかった。彼と私の間には、ずっと以前から、偶然の出会いとまったく別の巡り合わせがあることが、漠然とながらわかった。

バスがライトを点《つ》けて広場に入って来ると、われわれの前にぴったり横づけになった。数人の乗客が降り、足早に遠ざかって行った。

みんなが乗ってしまい、あとに私と例の見知らぬ男だけが残った。

彼は、私にちょっと会釈《えしやく》をし、大聖堂のほうに向かって広場を突っ切って行った。大聖堂の緑の鐘楼が、仄《ほの》かなスポットライトの光に照らし出されて夜の闇に青白く光っていた。抗しがたい力に引きずられ、私はこの男のあとを尾《つ》けた。追って行くうちに、彼が関わっていた昔のいろいろな出来事を思い出しはじめた。

彼は確固とした足どりで人けのない通りを進んで行き、その足音が通りに奇妙に反響した。闇の中に響くその金属的な靴音に戦争の思い出が呼び醒まされ、思わず私は、歩調を彼に合わせた。

黒い服を着たエレガントなこの男が、少しずつ記憶の闇の中から浮かび上がってきた。今やその彼は、グレーの軍服を着、長靴を履《は》き、腰に小さな短剣をぶらさげていた。

彼は或る危険な状況で私を救《たす》けてくれた男だった。そのとき私は、暗黙の了承のうちに、彼のあとを尾けて行くことで、厄介な事件から抜け出すことができたのだった。私はこのことをありありと思い出したが、自分の運命を、こちらの恐怖と信頼にいつでもつけ込むこともできたはずの人間にゆだねたのかもしれないと思うと、何年も経った今になってあらためて不安が甦ってきた。

しかし、この敵の士官は私を裏切らなかった。おそらく、その横柄で、冷淡で、無言の親切のおかげで私の命は助かったのだ。

私は彼のあとを追いながら、その合図に従った。しばらくして、もう大丈夫だと身振りで知らせてくれたときも、同じように彼の言うとおりに従ったのだった……

われわれは堤防通りを通り越し、町のかつての堀跡に近づいていた。左手には、不釣り合いな縁日の風車が、まだイリュミネーションを灯《とも》していた。堀の外岸壁とコールヘーカー通りとの角に来ると、彼は立ち止まり、踵《かかと》を打ち鳴らして、不意に私のほうに向きなおった。そこはみすぼらしい小さなバーの前だった。彼は愛想よく、お先にと私を促した。もう彼の言いなりだった。私はドアを押した。天井に吊るした銅パイプが頭上でぶつかり合いながら、小さなか細いメロディーを奏《かな》でていた。低い明かりの下で、もうもうと煙がたち込める一角にいた数人の若者が一瞬われわれのほうに顔を向け、また話に戻った。

見知らぬ男は、私を木の腰掛けのほうへ押しやるようにして坐らせてから、その前に腰をおろした。

前より顔がはっきり観察できるようになってみると、すでに過去にこの男と言葉を交《か》わしたことがあるという確信が強まった。だがどこで、どういう状況でだったのだろう？　彼が私に話しかけてきて、その声の響きを思い出した。重々しいが、しかし潤《うるお》いのない声だった。厳格で冷たい美しさをたたえた顔の中で、その薄い唇はほとんど動いていないように見えた。薄いブルーの目が私の視線を釘づけにしていた。彼は言った。

「前にお会いしておりますな？　妙な巡り合わせで、ときどきわれわれの行く道がかち合うのですよ。思い出してください……」

だが、彼が話しだすにつれて、闇が私の思考力を覆っていった。私はもはや、自分の記憶にあまり確信が持てなくなった。すべてが混沌としてきた。いくつもの町が虚無の中から浮かび上がり、記念建造物やら名所やらがごっちゃに入り混じった。港界隈の巨大なクレーンの間に、大聖堂がいくつも聳《そび》えていたり、窓に皓々《こうこう》と明かりの点いた列車が猛スピードで通り過ぎる公園に、大きな倉庫がずらっと並んでいたり、シェークスピア風の城の中庭にある真ん中の盛り上がった道路に、海水浴客がねそべって体を陽に焼いていたりするのだった。

相手の声は、今こう言っていた。

「お会いしてますとも。思い出してくださいよ……コペンハーゲンか、それともリスボンかロンドンでしたでしょうか。頑張って思い出してみてください……あなたは、あの赤毛の若い女性と一緒でしたよ……」

彼は私のほうへ身を屈め、囁《ささや》くような小さな声で、しかしはっきりと言った。

「……その後亡くなった」

この言葉に私はぎくっとし、同時に明晰な思考力が戻った。突然、前よりはっきりものが見えてきた。映画を逆回転させると、あっけにとられるほど整然と、崩壊した家の各部分が寄り集まってもとどおりの家が出来上がるように、すべての事柄がきちんとあるべきもとの位置に収まっていった。

そうだ、私は生涯のいくつかの場面で、すでにこの男に会っていた。リンダを連れた私に会っているのなら、彼女のことを彼が覚えていても不思議はなかった。彼女は、ちらっと見ただけでも、だれもが忘れられなくなるような女だったのだから。しかし彼が、彼女の名前も知らないというのに彼女が死んだことを知っているのにはびっくりした。リンダは、五年前、二人でデンマークに旅行したすぐあと、ロンドンで数日を過ごしているときに死んだのだった。

「どうして知っているんです?」と、目を上げて彼を見る勇気もなく、私は訊いた。

ボーイがライン産ワインを一本運んで来た。恭《うやうや》しく栓を抜き、脚の長い二つのグラスになみなみと注いだ。

「乾杯《プロジット》!」と、見知らぬ男はにこりともせずに言った。

「乾杯《プロジット》!」

ワインはフルーティーな匂いがしたが、飲むのもやっとの思いだった。それほど喉が苦しく締めつけられるようだったのだ。

「わたしはソーデルバウムといいます」と、彼は言った。「だが、別の名前もありますよ。状況状況でそれに即した名前を持っていましてね」

彼の話し方には軽い訛《なま》りがあったが、かえってそれが、言葉に不気味な優しさを与えていた。

「はっきり思い出してください、あなた《マイン・ヘール》、そして、あの赤毛の若い美人のことを話してくれませんか。あの人は体が弱かったんでしょう?」

この男はどんな魔力を放っているのだろう？　とても逆らうことはできなかった。彼としてはわざわざ期待するまでもなく、訊こうとした以上の結果を得た。

まさに冷酷そのものの冷たい視線を受けながら、私はみじめな記憶のもつれをほどいていった。リンダとの関係や、ひどく風変わりな彼女と一緒に過ごした時間や、彼女と知り合った場所や、彼女のあとを追うために犠牲にしたすべてのことや、二人の放浪生活や、喜びや、失望や、本当の成功に見離された芸術家の困難な生活を話して聞かせた……

彼はなんの感動も見せずに、ずっと私の話を聞いていた。驚いたことに、彼は二度日付を訂正した。まるで前に彼から習った学課を私に暗唱させ、ただその正確さをチェックするために訊いているといったふうだった。

しかし私はもう、わかろうとはしなかった。どうして彼がそういうことをそんなによく、しかも私以上に知っているのか、なんのつもりで私にしゃべらせているのか訊いたが、無駄だった。ただ彼の薄い色の目と、石のような無言に出会うばかりだった。

「さあ、行きましょうか」と、突然彼は言った。「あなたのうしろの、あの男の顔を見ているのが我慢できなくなりましたよ」

私はふり返った。壁に、鬘《かつら》と胸飾り姿の、「学術日報」の創刊者オットー・メンケン（一六四四年生まれ、没年不詳。ドイツ、ライプツィヒ大学の倫理学教授、スピノザとドイツ最初の科学雑誌「学術日報」を創刊した）を描いた古い版画が掛かっていた。

「彼の口元には」と、彼は言った。「あなたのと同じような苦々しげな皺《しわ》が刻まれていますね。驚くほど似ている」

私はちっともそう思わなかった。彼は勘定を払い、私は彼のあとに従った。

彼は私をビルケン通りの、《アトランティック・シティー》に連れて行ったが、ここは、従業員がうようよいて、テーブルにはシャンパン・クーラーが置かれ、退屈したカップルや、カウンターで飲んでいる女連れなしの男たちで埋まっているといった、大都市ならどこにでもあるようなナイト・クラブだった。暇な夜遊び連中用の、泣きたくなるほど陳腐なインテリア。支配人が、常連の賓客を迎えるといったふうに彼のところに挨拶に来た。彼はこの血色のいい男に、友人として私を紹介し、私が席につく間に、相手の耳に二言三言囁いた。

オーケストラ――演奏台の下の掲示にマリンガ・ダンス・オーケストラとあった――がダンス曲を演奏していて、それに合わせて、生気のない顔をした二、三組のカップルが、くたびれた身振りでおぼつかなそうに動き回っていた。

ボーイがシャンパンの瓶を運んで来たちょうどそのとき、ドラムが連打されてアトラクションがアナウンスされた。「女性群がダンスのパートナーを選びます《ディー・ダーメ・エンガギールト・デン・ヘルン》！……」十人ばかりのホステスが、連れがいようがいまいがかまわず、男たちのほうへ殺到した。選ばれた男たちはのろのろと立ち上がり、軍隊行進曲のリズムに合わせて、半透明の床のダンス・フロアへ下りて行った。

「こんなものたいして面白くないが」と、ソーデルバウムは言った。「もうちょっと待っててください。びっくりしますよ、嘘じゃありません。すごい〈ストリップ〉をやるんです。まあ、そのうちわかりますよ！」

眠けが襲ってきた。シャンパンはなまぬるかった。私の相手は、だれかを待っているかのように周りを見回していた。客にお世辞をふりまいていた支配人が、彼のところにやって来て二言三言耳打ちしたが、私はそのとき、ソーデルバウムの目にちらちらと不気味な炎が揺れるのを見た。

ふたたびドラムが連打された。フロアが空になり、闇の中に照明がどぎつい光の輪を描き出すと、その中央に、グリーンの服を着た若い赤毛の女がぱっと浮かび上がった。

「リンダ！」と、私は呟《つぶや》いた。そして立ち上がろうとした。だが、連れの男の手が私を捉えて無理矢理席に戻した。

「あれはリンダだ」と、極度の興奮に駆られて、私は彼に言った。「リンダ……まさか、そんなことが？……」

たまたまそっくりなだけだなんて、そんなことはありえなかった。私は幻覚の虜《とりこ》になっているのでもなかった。

それはまさしく、頬骨の高いあの彼女の顔であり、いくぶんもの悲しげなあの彼女の目つきであり、首をわずかに右にかしげたあの彼女の仕草だった。

疑問の余地はなかった。目の前に見ているのは、彼女の身ごなし、彼女の仕草だった……彼女がそこで、いささか下卑た魅力をふりまきながら踊り回るのを見ていて、私は勘違いでないことを確信していた。しかも、私は自分の全存在のすみずみにわたって彼女を感じ取っていた。

ソーデルバウムは、そんな私のことを面白そうに見ていた。

「ね、待っただけのことはあったでしょう……。驚くほど似ているじゃありませんか、そうでしょう?」

「でも、あれは彼女ですよ」と、私は断言した。「確かです。今わかりますよ。彼女のところへ行って話してくる」

彼はいやらしく口を曲げ、残忍さを剥《む》き出しにした。

「ちょっとお待ちなさい。静かにしててくださいよ。あなたはまだ全部を見たわけじゃないんですから……」

彼の言葉は曖昧だった。ショーの展開について言っているのだろうか、それともリンダに関するなにか他の驚くような事柄について言っているのだろうか?

私はショーを中断させる勇気はなかったが、しかし、早く終わらないかとじりじりしていた。それがリンダ自身であろうと、そっくりさんであろうと、早く女のところに走って行って早く言ってやりたかった……言ってやるって、なにを? 何年もの年月がすでに経っていた。こんなことはまるで理解がつかないことだし、理屈に合わなかった……

照明を浴びて、リンダは踊っているというより歩いていた。ぐるりと回転しながら、あっという間にドレスを開いて脱ぎ捨て、殻からアーモンドの実が抜け出るように服の中から姿を現わした……。彼女をゆっくり眺めている余裕はなかった。突然彼女は、体を二つに折り、息を詰まらせながら、咳き込みはじめた。一方、オーケストラは呪いをかけるようなリズムで、彼女を包み込んでいた。

彼女は正常な呼吸を取り戻すことができなかった。そして、私のほうを向いて苦しそうに顔を痙攣《けいれん》させたかと思うと、不意に口から血を流しはじめ、血は白い胸の上を流れ落ちた。その間、彼女はよろよろよろめきながら、激しい胸の苦しみをもぎとろうとしていた。彼女は大きな叫び声を上げるると、必死になって空気を吸い込み、それから猛烈に血を吐いた。

ソーデルバウムの鉄のような手が、私の手首をぐっと押さえつけていた。こんなふうに押さえられていなくても、この瞬間、たとえ一センチたりとも動くことはできなかったろう。私は金縛りに遭い、恐怖で体が麻痺し、いわば化石になったように身動きできないでいた。

すべて、短い間の出来事だった。しゃがれ声で命令が飛び、照明が消された。突然の暗闇の中で、慌《あわただ》しく走る音が聞こえた……

そして、半ば朦朧《もうろう》とした意識の中で、私は、リンダが今、五年前ロンドンで死んだときと寸分違《たが》わぬ死に方をしようとしていることがわかった……

間もなく、明かりが点いた。

私はぼうっと霞《かすみ》のかかった精神状態から抜け出した。すでにソーデルバウムは姿を消していた。フロアでは、一人のボーイが、大きな濡れたモップで、凄惨なドラマの跡を拭い取っていた。

私はリンダに会いに行こうとしたが、だめだった。人に訊いても、慇懃無礼《いんぎんぶれい》にあしらわれるだけだった。沈黙の壁にぶつかるだけだった。話し相手と私の間に、会話を遮《さえぎ》る見えない仕切り壁に似た、今まで覚えのない疎外感が生じていた。

これが果てしない受難の最初のステップだった。というのは、リンダは、ときどき私の前に生きた姿を現わしては、すぐ、救けることのできない、私の手の届かないところで、血を吐き、息を詰まらせて死んでいく場面を繰り返すようになったからだ……

そして、これは私が死ぬまで続くだろう。

悪魔のソーデルバウムが私を拷問にかけるのを断念しないかぎり。なぜなら、残酷な運命の手によって、この男は私の行く手に現われては、このひっきりなしに繰り返される悪夢に恐ろしい現実性を与えているからなのだ。

城館の一夜

どんな偶然の出会いも、あらかじめ約束した待ち合わせである……
ホルヘ・ルイス・ボルヘス

黄楊《つげ》の植込みを蹴散らし、芝生を踏みにじり、庭園のテーブルや椅子をひっくり返し、サーベルを振るって白と黒の大きなパラソルを切り裂きながら、城館の正面玄関の石段へ向かって、われわれは馬を駆った。そして、私がルートヴィッヒとオトンの間をすり抜け、小差をつけて、ガラスのはまった扉に馬ごと突っ込むと、扉はそのまま開いた。中は大きな広間だった。

外では、騎兵たちが馬から降り、てきぱきと下す命令の声も響きはじめた。私がたった今ゴールで打ち負かした中尉たちは、駆け上がった灰色の石段をゆっくり下りて、馬に乗ったまま、石炭殻を敷いた庭園の遊歩道で待機していた。

さっき、われわれが庭園の中へ侵入して来たとき、どこかの窓から銃を撃った者がいた。少なくとも私は乾いた銃声を耳にしたし、硝煙を見たと断言している者もいる。さいわい、弾に当たった部下はいなかったが。

われわれとしてはこの城館を焼き払うこともできたし、そうなれば、面白がってそれに手を下す連中もきっと少なくなかったろう。しかし、この屋敷があまりに立派な屋敷で、じつに堂堂とした風格を備えているのを見て、私はとたんに、自分の心の奥に〈文明人〉が甦《よみがえ》ってくるのを感じ、急に自分が別人に変貌するのがわかった。

私が入った広間は、美しく均斉のとれた部屋だった。入口と向かい合う側に、ガラス戸がぐるりと円形状にはめ込まれ、ガラス越しに、白樺が何本か、かろやかな葉をひらひらさせているのが見えた。左手に大きな階段があり、真ん中の踊り場で二つの細い階段に分かれて上に通じていた。床は、星形と正方形の石がモザイク模様に敷きつめられ、その中央に、大きな円形の、大理石か艶《つや》のある片岩の一枚石が、黒い太陽のように輝いていた。

私が乗った馬はちょうどこの位置に立っていたが、こうしてこの場所に立っていると、自分の騎馬姿が現代のコッレオーニ（イタリアの軍人、一四〇〇－一四七五。ヴェネツィアにヴェロッキオ作の像がある）の騎馬像そのものに思えた。

馬が苛立《いらだ》ち、前脚で床を蹴りはじめた。つるつるした石の上で蹄鉄の音が異様に大きく鳴り響き、蹄鉄で床に傷がつきはしまいかと思った。

するとそのとき、まだうら若い女が、すぐうしろに痩せた小柄な老人を従えて階段の上に現われた。老人は女を懸命に護《まも》ろうとしていたが、そのオーバーな身振りがひどく滑稽に見えた。

「わたしの……父です」と、彼女は言った。だが、どうも私には、彼女が「わたしの主人」と危うく言いかけてやめたような気がした。「銃を撃ったのは父ですの。でも、悪く思わないでやってください。もう完全に正気を失っているものですから」

彼女は、明らかに最悪の事態を恐れていて、落着かなそうに、いくぶんぎごちない笑みを顔に浮かべていた。

「これが銃ですわ」と、彼女は鞍《くら》のホルスターに差す、撃鉄が外に出た形の古いピストルを、銃床を前に向けて差し出しながら言った。

彼女は馬の顔のところに立って、おどおどしたように私のほうを見上げていたが、私としては、もっと懇願するような顔をしてくれたほうが嬉しかったろう。

私は彼女の手から、武器としてはもう役に立たないそのちゃちな銃を取り、鞍のホルスターに差した。

女城主（こう呼んでしかるべきだろうが）は、今、彼女の傍《かたわ》らでぶつぶつ言いながら彼女を無理矢理私から遠ざけようとしている、ひ弱なくせにいまだに誇り高く構えた老人をかばって、しきりに弁解に努めていた。そうしながらも、彼女はなんとか私の視線を捉えようとしていた。そして、二人の目が合ったとたんに、彼女の両眼は徐々に曇っていき、やがてすっかり涙に覆われたように見えた。彼女が心に深い不安を抱いていることがこれでわかったが、その不安は、恐怖とはまったく縁のないものだった。

この若い女はごく平凡な感じの女だったが、しかし、私には魅力的に映った。戦場にあっては、すべての女が美しく見えるものだ。

馬から降りて合図をすると、外から兵卒が入って来て、馬を引っ張って行った。

「お馬の上より、このほうが素敵ですわ」と、女が言った。

その声もかすれ声なのがよかった。

私は顎紐をはずし、軍帽を取ると、儀式に参列するときのように腕に軍帽を抱え、踵《かかと》を打ち鳴らして、名前を名乗った。

「クッフクリンジ男爵夫人です」と、彼女もそれに応えて言った。

私はお辞儀をした。彼女の目は、今や熱っぽい笑みをたたえているようだった。唇の薄い、皮肉っぽい口つきをしていたが、挑発的な態度は見せていなかった。身にまとった服は、上のほうまでスリットが入ったかなり長めのスカートと、それにほっそりした上着という、時代遅れではあるが洒落《しゃれ》た、貴婦人が着る、あるいは乗馬をする婦人が着るような服だった。

「これといって、おもてなしするものがございませんのよ、隊長さま」と、弁解するように彼女は言った。「召使いたちは逃げてしまいまして。今ここには、わたしと年老いた……父の二人きりしかおりませんの。父は、明らかにあなたのことが気に入らないようですわ。父はホルムズ（ペルシャ湾岸の古代都市の島。一六二二年、イギリス軍の援助でポルトガルの支配から脱した）の戦役に従軍して、あなたのお国の人にいい思い出を持っていないんですの」

「ずいぶんと昔のことですな！……」

そう言って、私は往時の戦役の栄光と悲惨を、磊落《らいらく》な身振りで打ち消した。

女城主はにっこりした。

「どうぞ、ごゆっくりなさってくださいませ、隊長さま。〈軍隊の屈従と偉大〉（フランス十九世紀の詩人ヴィニーに『軍隊の屈従と偉大』という作品がある）や、とりわけ、かりそめの勝者と敗者の間の難しい関係はよく存じています。軍隊の運命は、最後のぎりぎりまでわかりませんものね」

彼女のこうした、威厳を失わない、しかも現実主義的な態度が私の気に入った。彼女は卑屈も強がりも好まなかったのだ。

　彼女は栗色の髪をうしろへ掻き上げた。その手首に大きな金のブレスレットをしているのが目に入ったが、その絡み合った環《わ》は、なにか手のこんだ籠を思わせた。

「エリザベート！」と、苛立った、おかしなしわがれ声で老人が言った。「来るんだといったら！」

　すでに、彼は階段を数段上っていた。きっと彼は、娘のために、あるいは妻のために（だが、こんな夫婦が考えられるだろうか？）、状況次第でなにが起きるかわからない、そんな危険を恐れていたのだろう。

　若い女はすぐについて行こうとせず、おそらく私の言葉を待っているらしかった。私は当惑し、どう話しかけたらいいかわからなかった。だが、話しかけるまでもなかった。

「今晩お目にかかりますわ、隊長さま」と、意を決した口調で彼女は言った。「九時にここにまいります」

　私は、彼女の暗い光を帯びた眼差《まなざ》しの中に、約束と挑戦とを見て取った。


　夜の帳《とばり》が下りていた。私は階段のいちばん下の段に腰をおろして、物思いに耽《ふけ》っていた。攻撃はまだ続いていた。私の部隊は警戒態勢を取ったまま、命令が届き次第ふたたび前進を始める構えでいた。連絡のために、すでに伝令が戦場の四方八方へ馬を飛ばしていた。われわれは攻撃に備え警戒を緩めなかった。

数時間前私を捉えていた一種の昂揚感は、すでに消え失せていた。それどころか私は、私に会いに来るという女城主の約束に怖気《おじけ》づきながら、一方、城を出て進軍せよという命令が来るのをひどく恐れている始末だった。

そんなわけで、自分でなにを待っているのかよくわからないまま待っていると、不意に、霊気が——というのも、振動とまでいかなかったからだが——背をもたせかけていた手摺《てすり》の上を走った。一つの人影が、こっそりと私のほうへ下りて来た。紛れもなく、エリザベート・クップクリンジだった。彼女はゆったりと流れるようなドレスを着、そのひだが両脚の丸みにぴったり沿うように垂れていた。夜は明るく、彼女の顔立ちがはっきり見分けられた。彼女は唇に指をあてがい、ついて来るように合図をした。

私は傍らに行くと、愛らしく差し出される手に接吻をした。彼女は微笑を浮かべていた。しかし私は、彼女の振舞いになにかわざとらしい、偽ったところがあるのに気づいていた。おそらく、二人がこうして女城主と士官というクラシックな役割を演じようとしていることに、ばつの悪い思いをしていたのだろう。

階上に上がると、彼女は廊下の入口のドアを押しあけ、二人で真っ暗闇の中へ入って行った。おかしなくらいゆっくりゆっくり進み、二人の足音だけが重苦しい静寂の中に反響した。左手で私を引っ張りながら案内して行く彼女は、右手で、暗闇で見えない壁を手がかりに探っていた。そうやって、彼女は用心深く、しかしなんの迷いもなく進んで行った。

奇妙なことに、私は今体験しているこの現実の瞬間に同化していた。私は状況のなすがままに身を任せていた。これまで、常に周りの出来事を支配しようとしてきたこの私が、昨日まで見も知らなかったこの女のあとについて、おそらく運命の暗黒の顔が待ち受けている迷路の中へこうして入って行こうとしていることに、なんの抵抗も感じないのだった。

私たちはやっと一つの部屋に入ったが、これも同じく闇に包まれていた。毛のふかふかした絨毯の上を歩いて行ったが、歩きながら、椅子や小さな家具があるのをよけて通っていることがわかった。そこには、安息香の樹脂とヒマラヤ杉材のちょっとむっとするような臭いがたち込めていた。

女は私の手を放し、私と向かい合った。そして、彼女の口が私の口を求めてきた。

彼女は、狂おしいほど激しく私にしがみついてきた。私の手は彼女の背中を探り、ボタンをはずしていった。両肩が剝《む》き出しになり、ドレスが滑り落ちたが、どちらもそれを拾い上げて脇に寄せようともしなかった。それどころか、足の下にくしゃくしゃに踏みつけようとしているのに、二人とももうそんなことは頭になかった。

エリザベート・クッフクリンジは裸で私の腕に抱かれていた。そして、素裸だとほとんど子供のようなこの生身の体を抱いていると、快いと同時に、気が咎《とが》める感じがしないでもなかった。暗闇の中で固く抱き締めている、この小柄で痩せた女がどんな体つきか察しはついたが、目で見ることはできなかった。彼女の頭を手で引き寄せて胸にもたれさせたが、顔を撫《な》でてみると、涙で濡れているのがわかった。

私は情にほだされそうになった。だが、ここまで来ては、あとへ退《ひ》けるものではない。

今度は相手のほうが、小さな手で軍服のボタンをはずそうとしているのがわかったが、しかし、私はその手を、動かせないようにそっと押さえつけた。ただ、自分がもう少し楽なように軍服の襟《えり》を半分ほど開き、この、どうしていいかわからないでいる、しかし意を決して胸をどきどきさせている小さな存在を、身動きできないようにぐっと抱きすくめた。彼女の肌に肩帯がひやりと触れ、軍服の突き出たボタンが食い込んでいる様を私は想像した。彼女は息をつくために、締めつけた私の腕を緩め、なにやらわからぬ言葉を呟《つぶや》いて、私をうしろ向きのままベッドのほうへ押しやり、やがて、二人は絡み合ってベッドに倒れ込んだ。あとは察しがつこう。私は丁寧な振舞いをしなかった。戦争はそれとは別の感情、別の嗜好をわれわれに与える。戦闘に出かけて行く者の心は、もはや普通と同じというわけにはいかない。

女城主は兵隊《へいたい》と通じ、それに不平を洩らさなかった。

私は喇叭《ラッパ》の音を聞いて目を覚まし、一瞬、駐屯地時代の頃が甦ったのだと思った。そのうち、長靴《は》を履いたままでいたことが、苦痛なくらい窮屈に感じられてきた。私は、横に寝ているはずの連れの女を探した。彼女はもうそこにはいなかった。手になにか触れたが、最初は木の枝だと思った。

ベッドから出るのにてこずり、拍車の先が引っかかって、シーツの裂ける音がした。一条の細長い光をたよりに、窓のほうへ歩いて行くことができた。重い鎧戸《よろいど》を押すと、ギーッと耳障りな音をたてて開いた。いい天気だった。空は青く晴れわたっていた。薄靄《うすもや》が庭園の上にたなびき、庭園から木の葉と湿った草の匂いが立ち昇っていた。

　私は、それから周りを見回した。一夜を過ごしたこの部屋は、広々とした寝室だった。長年人が住んでいないことは確かだった。壁紙はびりびりに剝《は》がれ落ち、椅子の絹地は長い年月を経たせいですっかり傷み、樫の家具や曇った鏡には埃《ほこり》が積もり、そして、おびただしい蜘蛛《くも》の巣がこの老朽し荒れ果てた部屋に非現実的な相貌を与えていた。

　今の私はもう、このときの私とは別人だが、しかし、今でも私には、この瞬間の心の動揺と、呆然自失と、そしてそのすぐあとのやりきれなさが、寸分違《たが》わぬ鮮明さで思い出される。

　今抜け出て来た、起き上がりざまに引っかけたシーツが床まで垂れているそのベッドの中に、小さな骨格の褐色がかったミイラのようなものが横たわっていた。頭蓋骨は縮んだように小さく、干《ひ》涸《から》びた腐敗物と繊維質がわずかばかりこびりついていたが、髪の繊維が付着しているといっても、頭蓋骨にそれだけ厚みが残っているわけでなく、ただ、そこの色が変色しているだけだった。私は、かつてこの骸骨に——だが、何年前のことだろう？——愛撫することができたはずの、温かく柔らかな肉がついていたことを考えた。

　私は〈死〉を、痩せ細った四肢、ごつごつした関節、ぎょっとするほど下腹が窪んで空っぽな骨盤といった、ハンス・バルドゥング・グリエン（デューラーの弟子で、ドイツ・ルネッサンス時代の画家、一四八四—一五四五）の描くような、〈死〉そのものを見ていた。そして、肉の剝げ落ちたその腕に金の環の絡み合った大きなブレスレットがあるのに気づき、ぞっとした。

　私はこの醜悪で陰惨な遺物を前に、じっと凍りついたように動けないでいた。

この闇夜から抜け出て正気を取り戻し、信じられない事態にともかく対抗できるように自分を回復することが、なかなかできなかった。

髑髏《ヴァニタス》を配した静物画の古い絵にぴったりのこの光景についても、私自身の運命に対するこの光景の意味についても、ゆっくり考察している暇はなかった。喇叭がふたたび鳴り響き、その音が、朝の大気の中に長々と響きわたったのだ。

私は乱れた衣服をなおし、軍服の上から軽くはたき、上着のボタンをはめながらそこに巻きついていた女の髪の毛を取り除いて、自分で気に入っていたゆったりと重々しい足どりで、広間へ下りて行った。

私はベッドの、汗の、情事の、死の匂いを嗅いでいた。

階下にはだれもいなかった。すべてがわびしく寂寥としていた。大きな円形の黒い石の上に、私の馬の糞が踏みつぶされて残っていたが、それが、昨日ここに私が入って来た唯一の痕跡だった。

念のため、しばらくの間待ったが、だれもやって来なかった。

戸口に出て行くと、従卒が水筒と飯盒《はんごう》に入れた湯気の立ったコーヒーを持って走って来た。レテ（ギリシア神話、黄泉の国の川の名で、その水を飲むと、亡者はこの世のすべての記憶を失うという）の川の水を飲んでこの世のことを忘れる亡者とは反対に、そのコーヒーを飲んで、私は本当に現実世界に戻ったような気がした。

騎兵部隊が庭園で隊列を組んでいた。ルートヴィッヒが兵隊たちを集合させていた。たった今、指令が届いたのだった。私は芝生まで下りて行き、すでに鞍の置かれた私の馬の首を撫で、城館のほうへふり向いた。

私はその灰色の壁や、きづたで覆われた切妻や、寒気と日光で脆《もろ》くなったスレート葺《ぶ》きの屋根を眺めた。建物の正面は、扉が開いた玄関と、上の、私が昨夜過ごした部屋の、鎧戸が大きく開いている窓しか開口部がなかったが、今は物音一つなく、ひっそりしていた。と、その窓に突然、復讐に駆られた老人が、昨日危うく私を城に火を放つような野蛮な軍人に変貌させるところだった、あの精神に異常をきたした老人が姿を現わした。

老人は肩に銃を構え、私に狙いをつけていた。私めがけて撃っているつもりなのだった。

そのとき、こんな異様な出来事に出くわして気の弱くなった私の頭の中を、ふと一つの考えがよぎった。(じきにその時が来るだろう……)もはや私は疑わなかった。いくつも重なる兆候から、まちがいようがなかった。

私は鐙《あぶみ》を踏んで立ち上がり、ふり返って気をつけの姿勢を取った騎兵中隊に一瞥《いちべつ》をくれた。

私は出発の命令を下した。

青い蛇

私の見た極めて緩慢な夢を甦らせたいと、私は思った……
マヌエル・デル・カブラル

絵は風景画だった。青々とした空の下に、小さな雑木に縁取られた低い堤の間を細い川が流れている。明るく、陽光を浴びた、気持のいい、小ぢんまりした美しい風景。

絵は指二本ほどの厚さのある額縁に入れられ、かなり隙間をあけてガラスで保護されていた。

突然、その隙間に青い蛇がいるのが目に入った……

それはたっぷり親指ほどの太さがあり、カンヴァスの周りを取り囲んで、右下の角で正確に直角をなし、それから下の横枠で体を起こし、鎌首をもたげていたが、じっと動かなかった。

それはちょうど、ガラス玉の中に神秘的に永遠に凝固して見える、あの色とりどりの縞模様《しまもよう》の一つのようだった。

この蛇は、こんなふうに危険のない穏やかな風景とガラスの間にぴったりはさまって、いったいなにをしているのだろう？　獰猛《どうもう》な小さな口を開けているところのガラスが、かすかに息で曇っていた。

私はその尖《とが》った頭と、触角のように縦横にすばやく、すばやく動いている、苛立《いらだ》ち、動転し、透明の仕切りになすすべもない、その細い二つに割れた舌をじっと眺めていた。

急に私は恐くなった。父が私の傍《かたわ》らにいた。父はごく当たり前のことのように思っているらしかった。ズボンのポケットに両手を突っ込んで、顎鬚を前に突き出していた。

私は言った。

「蛇っていうのはあまり好きじゃない。殺さなくちゃ」

「ずいぶん青い蛇じゃないか」と、父は鷹揚《おうよう》に言った。

「だからよけいですよ！　子供たちが見たら、触ってみないじゃ収まりませんよ」

父はピストルを何挺か持っていた。射撃の名人だった。私は父に、ピストルを取って来て、ガラスにくっつけて蛇の頭を撃てば、危険もないし、他に被害も出さずに殺せるからやってみてはと、それとなく勧めた。

父は肩をすくめ、私の要求に応じるために出て行った。

私はその場にいて、画布とガラスの檻《おり》に閉じ込められた蛇を見張っていた。すると突然、ドアが激しい勢いで開いた。父が戻って来たのだった。

なぜ急にこんなにかっかとしだしたのだろう？

彼は私に荒々しく言った。「しゃがむんだ！」そして、私の頭越しに、ドアのところから絵に向かってピストルを撃ちはじめた。父は両手にピストルを一挺ずつ持ち、ひどく興奮しているようだった。銃撃の音が鳴り響いた。硝煙と火薬の臭いが部屋じゅうに充満した。

私は、父の標的になっている絵の下の壁に体を寄せ、四つん這いになっていた。銃弾がやみくもに、家具や天井などあちこちに撃ち込まれた。私は一発一発、死の危険に脅やかされていた。

父が至近距離に寄って蛇を殺そうともせずに、こんなに遠くから、これほど立て続けに銃を撃っていることに、私はかんかんに腹を立てていた。至近距離から撃てばずっと簡単だったのに。しかも、こんなまるきり無駄な損害まで出して！

このとき、身を寄せかけていた壁沿いに、なにか重くしなやかなものが滑り落ち、私の手を鞭《むち》のように激しく打つのを感じた。

もう、遅かった。青蛇は突然紐のように細くなって、壁と腰板の間をすばやく逃げて行った（このとき以来、私の手には奇妙に白い痣《あざ》ができている）。

父は弾を撃ちつくしたピストルを床に投げ出し、絶望して泣きだした。

モーテルの一行

――私はそのことを知っている、ただそれだけだ。
たいしたことは知らないが、しかし、そのことは知っているのだ。
われわれは、ほんの片時しか論理を忘れることができないのだろうか？
ブルース・ジェイ・フリードマン

風はやまなかった。くたくたに疲れて、滅入《めい》ってしまうほど強い風だった。突風にあおられ、揉《も》まれ、押し倒される青い麦畑、しかも永久に熟すことがないかのような青い麦畑に、大きな風の波が、はるか彼方まで揺れ動く畝《うね》を作りながら大平野を駆け抜けていた。

荒地や、ところどころに見える地平線まで真っ直ぐに走る乾いた道に、黄土色の埃《ほこり》の渦巻が、時折ぱっと爆発したように巻き起こった。やがてそれはたなびくように伸び、広大なグリーンの広がりの上に横たわり、それから風に運ばれ、いっこうに衰えようとしない突風にあおられて舞い上がり、消えていった。

暑くて死にそうだった。車のエンジンはオーバー・ヒートしていた。今までにもう四回か五回、機会を見つけるたびに、街道をそれて農家にラジエーターを冷やしに寄った。農家はところどころに、平原の中に埋もれるように散在していたが、どれもこれも似通ったたたずまいで、お粗末な防風林に囲まれていた。その貧弱な植木は、開拓者時代からしょっちゅう植え替えられてはきたが、いつもほったらかしのままで、風に揺すぶられ、いためつけられ、いびつに曲がっていた。

もうもうたる砂塵を前にしたり、うしろにしたりして、舗装していない土の道を通ってそこに辿《たど》り着く。建物の裏側に入って行くと、二、三度クラクションを鳴らす。すると、人が出て来る――か、または出て来ない――。焼けつくようなボンネットを上げ、緑とか赤のビニール・ホースを手に取って、電動ポンプのボタンを押すと、水が思いどおりに湯気を立てているラジエーターに流れ込み、溢れ、しゅーしゅー蒸気を上げながら四方八方にほとばしる。自分の頭や腕にも水をかけ、ついでに舌でするように水を飲み、びしょぬれになって礼を言い、もと来た道を引き返す、とこんなふうだった……

突風で半分はずれかかったおんぼろの看板が掛かった、一軒のみすぼらしいモーテルにやっと辿り着いたが、こんな時間までまだゴミバケツが放り出してあるところを見ると、管理の行き届かないモーテルであることはまちがいなかった。隣に修理工場を兼ねた田舎のサービス・ステーションがあり、整備工が一人いたので、車の整備を頼んだ。ここはシャロンというところだった。ウッドウォードからエルクシティへの街道沿いにある、人里離れた交差点だった。薄汚そうな小さな建物が十棟と、もうちょっとましなカフェテリアと、それに、ガソリンの容器や家畜の綱やゴムの長靴を売っている店が一軒あった。

その晩の部屋を頼んでから、食事をするために窓際のテーブルを選んで坐った。そこに坐って、あの長い道のりと難渋とでまだ頭がぼーっとなったまま、飽くことなく吹き続ける風の唸り声を聞き、ぐったりした大きな鳥みたいに突風に運ばれていく古新聞を眺めたりしていた。

食欲のないまま、ハム・エッグと、大味で甘すぎるケーキを食べ終えてから、テレビを見るために椅子の向きを変えようとした……そのとき、駐車場に薄ピンクの大きなステーション・ワゴンが入って来て止まるのが目に入った。中から二人の男と一人の女が降り、軽蔑したように周囲を見回した。ひと目見たとたんに、私はひどく厭な感じがし、たちまち彼らに反感を抱いた。男の一人は偉そうな態度をしていた。上背があって逞《たくま》しく、顔はやけにまるぽちゃで、髪は白っぽいブロンド、目は薄いブルーだった。もう一方の男はこの男と並ぶとかなり小さく見えたが、陰険そうな顔つきをしていた。不安がちょっぴり、その黒いきょときょとした目に浮かんでいた。ひっきりなしに額と首を拭い、こんなところより他へ行ったほうがましだと思っていることがはっきり窺《うかが》えた。女が車になにか取りに行き、ドアをばんと閉める音が聞こえた。彼女が入って来たときには、二人の仲間はすでにテーブルに腰をおろしていた。女は周囲に軽い会釈《えしやく》をした。彼女はかなり背が高く、くたびれた、ちょっと品のない美人に見えた。

私は向きを変えて、テレビでやっている、幻想映画というふれこみの映画を見はじめたが、それは人里離れた一軒家で、いわゆる狼男が（それにしても、なんていう犬歯だろう！）道に迷った旅人を食い殺していくというものだった。なんともとりとめのない映画で、途中に入るコマーシャルも――〈頭痛に、便秘に、憂鬱症に、そしてあらゆる症状に……〉――といった手のものでこの陳腐な映画をよけいつまらなくしていた。

さっき入って来た連中は、その間にさっさと食事をすませていた。彼らは揃って出て行ったが、三人とも一緒に、私の棟とほとんど隣り合わせの、同じ一つの建物に入って行くのが見えた。部屋に明かりが点《つ》いた。ブラインドが下ろされた。小さいほうの男が出て来て、車の中からスーツケースを取り出してから、ドアがちゃんとロックされたか念入りに確かめた。それから、ふたたび仲間のところへ戻った。なぜだか自分でもよくわからないまま、私はかなり長い間待っていた。だれも出て来なかった。それで自分の部屋に行ったが、傍《かたわ》らを通ったとき、例の女の扇情的な笑い声が聞こえた。私は顔を水で湿した。目蓋《まぶた》が燃えるように熱く、唇がかさかさだった。

どのくらい眠ったろう？　たいして長い間ではないように思う。というのも、風で板がどこかをばたんばたん打つ音がいまだに耳の底に残っているからだが、この音のせいで、寝つくまで何十回もベッドで輾転反側《てんてんはんそく》しなければならなかったのだ。

そっとドアをノックする音がした。おそらく、だいぶ前からノックしていたのだろう。「なんですか？」と、私は訊いたが、まるで、もうすでに秘密に加担しているみたいに、思わず押し殺した用心深い声を出していた。

だれか女がドアの向こう側でなにか言ったが、小さな声なのでなにを言っているのかわからなかった。ねぼけ眼《まなこ》でベッドから出、暗闇の中で靴を踏みつけて痛い思いをしながら、火事に備えていつも財布やキーと一緒にベッドの傍らの椅子に置いておくズボンを、あわてて手探りではいた。

そして、用心深くドアを開けた。

「こんばんは。どうもすみません」と女は言ったが、女の顔ははっきり見えなかった。

それで初めて明かりを点けると、愛敬《あいきょう》のある小さな顔と、哀感の漂う優しげな表情が目に入った。

「モリーっていいます……モリー・ヤング。お友達と一緒に旅行しているんです。ロング・レイクのそばで道に迷ってしまって……入っていいかしら？」

「それはちょっと困ります」と、私は多少つっけんどんに言った。「ご婦人がたを相手にすると、厄介な目に遭うのが落ちですからね、わたしはもう、うんざりしているんです」

「そんなに冷たくあしらわないで！　わたしには重大なことなんです……」

その態度は真面目そうに見えた。

「五分後には、乱暴しようとしたとか難癖をつけて、大声でわめきはじめるんじゃないですか？」

「まさかそんなこと！　わたしの体がどうかされるなんて心配しているどころじゃないんですもの」

そう言って、彼女はなだめるような身振りをして私を押し退《の》け、中に入って来た。彼女は私に向かって笑みを浮かべていた。そのファニー・フェイスの顔色はくすんで灰色に近く、目は明るいブルーだった。

「こんな時間にお邪魔して、本当に申し訳ありません。わたし、疲れてくたくたで。長い間歩いたもんだから」

肘掛椅子を示すと、彼女は倒れ込むように坐った。だが、いかにも体に重みがないようで、スプリングはきしまなかった。こちらはベッドの縁に腰掛けた。彼女は埃まみれになった、踵《かかと》が平らな靴を履《は》いていた。冷たい水を差し出すと黙って飲んだ。それからうしろに体を倒し、ブロンドの髪を縛っていた黄色と黒の縞《しま》のスカーフをほどいた。解き放たれた髪は、頭の上に盛り上がったようになった。その髪を彼女は両手でばらばらに掻き乱した。それが終わると、すりむいた片方の脚の膝を見つめ、指に唾をつけて傷口にあてがった。最後にやっと私を見て、もう返事がわかっているかのように訊いた。

「わたしのお友達はご覧になったでしょう?」

「かもしれませんね。どんな人たちですか?」

「ほとんど白に近い薄い色のブロンドの女に、二人の男が一緒だわ。背の高いまるぽちゃ顔の男と、背の低い褐色の肌の男」

「まちがいない。その連中ならここにいますよ。隣の建物に泊まっている」

「同じところに?　三人とも一緒に?」

女は啞然としたようだった。

「と思いますよ」

「なんていう男だろう!……」

彼女は青くなり、唇を嚙《か》んだ。そして、爪を齧《かじ》りながら長いこと考え込み、それからしおらしげな態度でおずおずと訊いた。

「ここで寝かせてもらえないかしら?」

私はげんなりした。また警戒心が頭をもたげてきた。しかし、彼女を迎え入れた瞬間から、すでに彼女を追い払うことは難しくなっていた。

「どうぞご心配なく。夜が明けたら、面倒を起こさずに出て行きますから」

私の気の弱さはなんとも度しがたく、結局、彼女に負けてしまった。

「まあいいでしょう」と、私はしぶしぶ承知した。「よかったらシャワーを使ったらいい。楽になる」

彼女はすでに服を脱いでいて、坐っていた肘掛椅子の上に、花柄のバミューダ・ショーツ、コットンの半袖のブラウス、スリップ、ブラジャーと順々に置いていった。そして、頭を縛っていた黄色と黒の縞のスカーフを腰の回りに巻いて、笑いながら私の前を通り、それからそのスカーフをテーブルの上に放り投げたが、空になったグラスに触れてグラスをひっくり返した。

私はベッドに戻り、頭の下に手を組んで寝そべっていた。シャワーを浴びながら、裸のままで彼女はしゃべっていた。女というものは、機会さえ与えれば、喜んで自分の身の上話をするものだ。

「わたしの夫は、その背の高いブロンドの男なの。ジョニーっていうんだけど。わたしたちの間は、もううまくいってなくて。別れるつもりでいるわ」

彼女は片脚で立ち、片手で石鹼をつけながらもう一方の足を洗っていた。

「博打好きで、もう狂ってるの。おわかりになる?」

どういうことかはわかった。

「……他の二人はバンバーガー夫妻、ディーンとマリーっていうの。なにをして食べているのか、よくは知らないわ。男はなにかのブローカーをしているんだと思うけど。あの二人は好きじゃないの。わたしにとてもひどい仕打ちをしたんですもの。いつもわたしの夫の言うなりになっていて、どんなことだって厭《いと》わないんだから」

私はくたくたに疲れていた。彼女の身の上話に興味はなかった。

「あの三人は、わたしを見捨てることしか、わたしを厄介払いすることしか頭にないんだわ……」

「ところが、それは難しいというわけだな？」

私がそう口に出して言ったのか、頭の中でそう考えただけなのかわからない。確かなことは、彼女が自分のベッドに滑り込んだときには、私はすでに眠っていたということだ。

朝になってみると、私は一人きりだった。最初、女の客が表に朝の空気を吸いに行ったのだろうと思ったが、外にも彼女の姿は見当たらなかった。

私のベッドと隣り合わせのベッドには、彼女の体の形がちゃんと残っていた。昨夜、シャワーを浴びているところをかすかに垣間《かいま》見ただけで、それ以上その体のことを知らずに終わったことが悔まれた。しかし本当のところ、私はくたくたに疲れていたのだ。今朝はずっと潑剌《はつらつ》とした気分で、かりそめのアヴァンチュールを成就させるに必要な好奇心と勇気を持ち合わせている。だが、逸したチャンスは二度と巡ってこないものだ。きっとモリーも、そんな私の〈逸したチャンス〉の仲間に収まることになるのだろう。

私はちょっとがっかりしたが、それでも自分の落胆そのものを愉快に思いながら、身仕度を整えた。モリーはきっと夫のところへ戻ったのだ、夫婦喧嘩なんて、たいていは仲良く収まるものさと、思った。

外に出て、もう一度周りを見回し、それからカフェテリアに行った。二人の男と白っぽいブロンドの女が、朝食を終えるところだった。テーブルの上の、冷えた水を入れた鉄の水差しが水滴で曇っていた。

彼らの傍らにモリーの姿がないし、まだやはり彼女のことが気がかりだった私は、彼らのテーブルに近づいて行って、声をかけた。

「こんにちは！……みなさん、モリーには会われましたか？」

この質問に、みんなの顔色が変わり、一瞬、座がしらけた。それから背の高いブロンド男が、静かに私の顔を見つめ、言った。

「モリー？　知らんね！」

「そんな！　可愛《かわい》らしい、小柄なブロンドの女性ですよ、グリーンの花柄のバミューダ・ショーツをはいた！……」私は諦めなかった。「モリーですよ……モリー・ヤング……」

今度は、不安があらわになった。そして、その心配そうな緊張した表情を見て、彼らはなにか心にやましい重大なことを隠しているなと、ぴんときた。

そのとき、よくできた映画の一場面のように、白バイの警官が二人、手袋を脱ぎながら入って来た。

ああ！　まったくのところ、この瞬間、われわれみんなが、二人の男と、女と、それに私までもが身震いしてしまったのだ！　警官たちは、ちょうどタイミングよくやって来た。といっても、職務でではなかった。きっといつもの朝のように、のんびりとブラック・コーヒーを飲むためにやって来たのだろう。

彼らは、顎紐をぐっと引っ張って緩めながら、制帽を脱いだ。革のジャンパーを椅子の上に投げ掛けた二人は、私の目に、男らしさに輝いて見えた。汗とガソリンの臭いをぷんぷんさせ、カーキ色の半袖のワイシャツ姿で、腕は期待どおり毛むくじゃらだった。一人がインディアンの顔の刺青《いれずみ》をしていた。

私は二人に見惚れた。オートバイのライダーというのはじつに素晴らしい。路上でなく、近くから見ると。驚くほど人間的なのだ。革の鎧《よろい》を脱ぎ去ると、まるで殻を剝《む》かれた海老——大小の差はあるが——のように、突然もっと身近な、おそらくもっと脆《もろ》い、別の存在になるのだ。そんなわけで、私は彼らに近づいて行った。私が外国人だと知ると、彼らはとたんに緊張を解き、親切な態度を見せた。風のことや、アルミニウム臭いコーヒーのことや、そして——運良く話が合った——片方の警官の兄が戦死したアルデンヌ（ベルギーと国境を接するフランス東北部の県）での攻撃についてなど二、三ありきたりなことを話してから、とても重要な話があるから一緒に外に出てくれないかと二人を促した。

外に出るや、私はモリーのこと、彼女の夜中の不思議な来訪のこと、そして、それよりもっと不思議な、こんな見渡す限りなにもない平坦地での彼女の失踪、他の三人と彼女との関係、三人が見せた明らかな困惑の様子などについて話した。

白バイの警官たちは興味を抱いたようだった。一人が念のため、わざわざ行ってオートバイを移動させ、駐車場からステーション・ワゴンが抜け出すことができないよう出口をふさいだ。それから、のんびり戻って来て、カフェテリアに入って行った。

「奴は電話をしに行ったんだ」と、もう一人の警官が言った。

もう、二人とも話すことがなく、彼は手持ち無沙汰な様子で、腕をだらんと垂らしたまま立っていた。そして、ときどき顎を撫《な》でていた。小指に、なにかの秘密組織のものだろうか、大きな金の指輪をはめていて、それがひどく印象的だった。

薄く曇った窓ガラスの背後に、外でなにが起こっているのか見ようとしている、バンバーガーのいやな鼠面が見えた。

電話を終えて警官が戻って来た。歯の間で口笛を吹きながら。彼は私に合図をした。

「もう一度訊くが、なんていう名前だっけね、その娘は?」

「モリー・ヤング」

「ブロンド? それとも黒髪?」

「ブロンドですよ。生気はないが、愛敬のある小さな顔で。非常に明るいブルーの目でしたよ」

「宝石をつけていたかどうか、気がついたかね?」

「覚えてませんが。つけてなかったように思いますね。いや、つけてたかな……踝《くるぶし》に小さな金鎖をつけていた」

「それだ！」と、警官は勝ち誇ったように言った。「さて、その娘だがね、あんたが昨晩その女に会ってるはずはないんだ！」

「えぇ、本当ですか？……いったい、どうして？」

「れっきとした理由がある、十二時間前に、ドーソン（カナダの町）の近くの堀割りで、その女の死体が浮かんでいるのが発見されたんだ」

「どういう話なんだ？」と、もう一人の警官が口をはさんだ。

「俺の話はな、その娘が死んでいるってことと、もし通りがかりの車が、死体のすぐ近くで故障して止まることがなけりゃ、いまだになんにもわかってなかったってことさ」

なにかひんやりしたものが、私の肩に落ちてきた。熱風は依然として平原を吹き荒れ、とても収まりそうになかったというのに。

この惨事を知らされて、私は驚くよりもむしろ、死人と部屋をともにし、彼女のおしゃべりを聞き、シャワーを浴びている彼女をつまらなそうに横目で見、今朝になって昨夜の疲労を後悔し、彼女を欲しくなった——結局そうなったが遅すぎた——ことなどが、まざまざと意識にのぼってきたのだった。私は——どんな魔法によってだろう？——亡霊と秘密を分かち合うことによって、亡霊からメッセージを受け取ったのだ。このことは私に異様な、病的な興奮を引き起こし、私は胸がむかつくような嫌悪感を覚えると同時に、こうした死の不条理さに魅了されもしたのだった。

頭にぼうっとかかっていた霞《かすみ》を貫いて、ふたたび警官の声が聞こえた。彼は私に話しながら、同時に自分自身に向かって話していた。

「あんたは会ってるはずはないんだ、そのモリーに。そのときには、女はここから百マイル以上も離れた堀割りで死んでたんだから！」

「あんたが当惑するのはわかりますが、お巡りさん、でもそう言ったって、もしわたしがあの女に会っていなくて話もしていないとすれば、今知っていることを、わたしが知るはずがないじゃありませんか？」

「で、あんたはなにを知っているんだ？」

「じゃ、あの連中の身元を訊いてみてください。わたしは知ってます。それを言いますから。モリーが教えてくれたんです。あそこの、カウンターのそばにいるブロンドの男は、彼女の亭主のジョニー・ヤングです……待ってください……他の二人は、ディーンとマリーのバンバーガー夫婦。彼らは三人ぐるになって彼女を迫害していて、彼女には彼らを恨む確たる理由があったんです」

「ちょっと待て！」

警官たちはしばらく打ち合わせしてから、ホモの水夫のようにしなを作ってカフェテリアへ戻って行った。あんな黒革のだぶだぶのライダー・ズボンをはいていては、暑くてたまらないにちがいない。じつにタフだが、少々太り気味だった。腹が、コルトを下げた黒いベルトの上にのしかかっているのが見えた。

窓越しに、容疑者が身分証明書を出しているのが見えた。警官の一人が手を振って私を呼んだ。

「あんたの言うとおりだよ。確かにジョニー・ヤングに、ディーン・バンバーガーとマリー・バンバーガーだ。だがそれだけじゃ、なんの足しにもならんな。この連中は、あんたの話がでたらめだと断言してるんだ。二、三日前から三人で旅行していて、モリー・ヤングはデンヴァーの母親のところにいるって言ってね。だから彼女は、昨日の晩はここにも、ドーソンにも、他の場所にもいるはずがないって……」

「こうも言ってるのさ」と、もう一人の警官がつけ加えた。「あんたにうるさくつきまとわれるんで、できたら名前を聞き出して、あんたを訴えるつもりだってね」

ジョニー・ヤングは、憎しみと驚愕のこもった目で私を見つめていた。彼の目は、サディストや潜水艦の艦長によく見られる、極端に薄い色のブルーの目だった。バンバーガーは蒼白な顔をし、うっすら汗をかいていた。苛立《いらだ》って、追いつめられたような様子だった。彼は私になにか憎まれ口をきこうとしたが、女房が腕を押さえて止めていた。

三人の中で、彼女がいちばん冷静だった。極端に薄い色のブロンドで、色褪《いろあ》せたブルー・ジーンズをはき、上に着た〈オクラホマ〉の文字が入ったTシャツに、貧弱な胸のふくらみが浮き出ていた。彼女は、まるで私の口出しを面白がっているみたいに、からかうような、挑戦的な態度で私を見つめていた。

窮地に陥ると、私はねばる癖がある。これが私の欠点だ。

「じゃ、デンヴァーに電話してみてください」と、私は警官に言った。「事実がはっきりしますよ」

彼は考え込んでいた。ところが、じっと考え込むにつれて、なんだか彼の頭がだんだん小さくなっていくような感じがした。そして、理解が困難になればなるほど、私に対する彼の好意が、次第に不機嫌に変わっていくような気がした。そして、突然だった。

「だがね、外国の人」と、彼は横柄な口調で言った。「よけいなおせっかいじゃないかね？……うんざりだよ、まったく！」

「怒らないでくださいよ、お巡りさん……あんたの興味を引くはずだと思ったから、話したんだ。あんたは話を聞いて、上司たちに電話してみるだけの値打ちがあると思った。そこで、死んだ女が――きっと殺されたんだろうが――十二時間前にドーソンの近くで発見されたことがわかった。その女の亭主のほうは、彼女が三日前からデンヴァーの母親の家に行っていると主張している……。いずれにしろ、これはあんたの仕事だ。わたしが言ってるのは、その女と昨夜会って話をしたということで、心配なのは、彼女がいなくなっていることなんだ。あるいは、彼女は死んでいて、わたしが夢を見たのか。または彼女がデンヴァーにいて、警察のあんたの仲間が冗談を言ったのか。もしくは、彼女がまだここにいて、われわれがみんな間抜けなのか」

警官は頭を掻きながら私の顔を見つめ、それからヤングとバンバーガー夫婦の顔を見つめた。もう一人の警官は、どうでもよくなって、煙草に火を点け、黙ったまま胸いっぱいに煙を吸い込んでいた。

「全部でたらめですよ」と、ヤングが口をはさんだ。彼は落着きを取り戻していた。「クリスマスまでここにいるつもりはありませんからね。われわれは出かけますよ。今日のうちに、まだだいぶ遠くまで行かなきゃならないんでね」

「ちょっと」と、私は煙草を吸っている警官の逞しい腕をとると言った。「すぐ戻って来ます」

私はカフェテリアとモーテルの間を走りながら突っ切った。風は前よりさらに強まり、猛烈に黄色い砂塵を吹き上げていた。私の自信ある様子に、ついて来る大きな荒くれ男は妙に従順になっていた。

部屋に入って行くと、中では、うす汚い娘がすでにベッドのシーツをはがし、汚れたタオルを部屋の隅に放り出していた。散らばっていたものは荷物の傍らに片付けられていた。そして、いかにも目につくように、椅子の上にモリーの黄色と黒の縞のスカーフが置いてあった。

私はほっと息をついた。さんざん反論されれば、しまいには本当のことも疑わしく思えてきてしまうのだ。

「それを持って行くんだ」と、私は警官に言ったが、相手は、どうして私がこんなに横柄に勝ち誇ったように言うのかわからないでいた。

自分でも思いがけないほど優しい気持をこめてその香りを嗅いでから、私はスカーフを警官の両手に押し込んだ。

「モリー・ヤングが昨日の晩ここに来たときに、そいつを頭にかぶっていたんですよ」

大男は撲殺された牛のような目をし、その絹の布を手に持って、念入りに見定め、拳に巻いた。

ほんの一瞬だが、私は、彼が手品師みたいに、スカーフを隠してしまうのではないかと思った。だがそのあと、彼は目で、これからどうしたらいいのか私の意見を求めた。

「それを彼らの鼻先につきつけてやったらいい」と、私は有無を言わせぬ口調で言った。「そして牢屋にぶち込むんです！　昇進まちがいなしですよ」

「オーケー！」

彼は、今自分がしなくてはならないことはわかっていたが、いったいなにがどうなっているのかは、まちがいなくわかっていなかった。彼は大股でカフェテリアのほうへ進んで行った。部屋の戸口のところで、私は事の成行きを見守っていた。私の背後で、若いメイドがトイレを洗って水を流し、洗面台の蛇口を拭いていた。

銃声がしたとき、彼女は狂ったように私に飛びついて来て、恐怖に怯《おび》えながら腕にしがみついた。カフェテリアの窓ガラスに放射状の穴が開いていた。

こんどこそ本物の惨劇事件で、異論の余地はなかった。私は震え上がっていた。娘は石鹼の匂いがした。陽が当たって上唇のところの産毛《うぶげ》がはっきり見えた。

ほんの一瞬の出来事だった。だれが銃を撃ったのかはわからなかった。モーテルの主人が、女房と子供を追い立てるようにして出て来た。彼らは、厨房のそばの小さな納屋に避難した。

それから、両手を挙げたヤングと、彼の腰にコルトを突きつけた刺青の警官の姿が現われた。

次いで、もう一人の警官が、すでに手錠をはめられたバンバーガーと一緒に出て来た。警官はヤングの右腕をとり、相棒の手錠につないだ。

薄いブロンドの女は、面白がっているような様子だった。彼女はまるで、この男たちとはまったく無縁の人間であるかのようにこの場面を眺めていた。それどころか、私に向かって怪しげなウィンクを送ってよこした。それで――当然ながら――私も同じようにお返しをした。

だが不意に私は、なんとも名づけようのない悲痛な思いに捉えられた。私は、もはや現在の時間の中にはいなかった。これから起ころうとしていることも、これらの連中の運命も、警察の意向も関心がなくなってしまった。ひどく悲しい気持だった。まるでモリーの死によって、もしかしたら愛していたかもしれなかった人、そして突然愛するようになった人を永遠に奪い取られたかのようだった。それはもはや、私が首を突っ込んだ三面記事の事件ではなく、私の全存在を巻き込んだ惨劇事件だった。

モリーの愛敬のある小さな顔、優しく哀感の漂うその表情、にっこりするときに鼻に皺《しわ》を寄せる癖、シャワーを浴びながら、片脚で立ってもう一方の足を洗っている鳥のような優美な姿を、私は思い浮かべた……

私は悲しみで、胸元に玉がつかえるような思いだった。そして、今にもしゃくりあげそうになった。自分でなにをしているのかもはっきりわからずに、私はゆっくりとジョニー・ヤングのほうへ歩いて行った。目に涙の靄《もや》がかかり、彼の顔がはっきり見分けられなかった。

それでも、私が近づくのを見て、彼が憤怒と恐怖を抱くのが察知できた。私がこれからしようとしていることは、滑稽で場違いではあったが、しかし、この男が連れ去られる前に、なにがなんでもこのことを試してみなくてはならなかったのだ。

私は愛想よく、へりくだって、ほとんど懇願するような態度を見せて言った。

「ひょっとしてモリーの写真を持ってはいませんか？　一枚持っていたいと思うんで……」

私の言葉は無言で迎えられた。ジョニーは軽蔑したように、地面に二度唾を吐いた。警官たちが下品な笑い声をたてた。

「写真を一枚だって！」と、一人が言った。「髪をひと房ってなぜ言わないんだ？」

だれに私が理解できたろう？　裁判になれば、新聞が写真をいっぱい載せるだろうと私は思った。もちろんモリーの写真も。おそらくこの私のも……。抽出しの中でやがて黄色くなっていく、すべてのモリーの写真のことを考えた……。私は考えた……モリーに関するたくさんのこと、そして彼女の写真のことについて考えた……。信じられないほど、私はいろいろなことを考えた……

ドナチエンヌとその運命

古びた、くだらぬ歌も、重苦しい、わびしい夢も埋葬することだ。
さあ、行って私に大きな棺を持ってきてくれないか。
ハインリッヒ・ハイネ

ドナチエンヌは、家の様子を仔細に観察した。

「まったくいやらしい家だわ」と、彼女は考えた。

よそよそしい、敵意のようなものすら感じる家だった。横幅の狭い、背の高い家。扉はグリーンに塗ってあったが、だいぶ以前に塗ったものらしかった。敷居の石は黒く、擦り減って丸くへこんでいた。地面すれすれに、間隔の狭い鉄格子のはまった暗い窓が一つ。それより上の、手の届かないところにもう一つ。さらに、各階に一つずつ、色褪《いろあ》せたみすぼらしいカーテンの掛かった窓が二つ。

「まさしくそのための家だわ……」と、ドナチエンヌは考えた。

灰色と黒の家。病気の家。腐って、悪臭のする、染《し》みだらけの病んだ家。中は、きっと食器を洗った流し水の臭いや、冷えた脂の臭いや、下水の臭いがすることだろう。

ドナチエンヌは不快な気持をぐっとこらえ、ためらいつつ二、三歩進んだ。このまま帰ってしまいたい気持でいっぱいだった。恐かった。彼女は、どこもかしこも企みや、嘘や、悪事の挙動を秘めたこの薄汚い界隈から、もうすぐにも逃げ出そうと思った。

暗い通りには、人っこ一人いなかった。向こう側の歩道沿いに、一軒の小さなみすぼらしい店があった。ドナチエンヌのいるところから、大きな石膏の少女像が置かれている、窓枠が金色で、古びた刳形《くりかた》装飾を施したショーウィンドーが見えた。彼女はこれさいわいと、気分転換に通りを横切って店に近づいて行った。

石膏の少女像は肩に鳥をのせていた。翼が片方ない鳥を。

このとき、店の中から、鉛筆を耳にはさみ、チョッキのボタンをはずした、猫背の狡猾そうな小男が出て来た。偽善的な目つきをしたいやらしい人物で、両手をうしろに組んだまま、彼女を見て笑みを浮かべ、目をすぼめてにやっと歯を剝《む》き出し、そのまま、また中へ引き返した。すぐに、ウィンドーのうしろに現われ、鳥の少女像をどかすと、針金の槍を杖にした、細長い脚の、メフィストフェレス風のドン・キホーテ像を代わりに置いた。ドナチエンヌは興味をそそられ、その作業を見ていた。店の主人はふたたび出て来ると、彼女に声をかけた。

「あんなのがお好きかね？」

「あんなのって？」

「あの騎士だよ」

「面白いわ！」

ドナチエンヌはうるさい男と早くさよならしなくちゃと思った。このいやらしい男のせいで、彼女はいっそう落着かない気持になっていた。彼女はバッグを開け、数時間前に、ディアナ夫人の住所を急いで書き留めた紙切れを出した。彼女は相手の顔を見ないで訊いた。

「ディアナ夫人のお宅は、この真向かいの三十二番地ですね？」

店のおやじは神経質そうに手を揉《も》み合わせた。そうしてから、鼻をつまんで引っ張った。この場面でなかったら、さぞおかしな人間に見えたろう。

「あんたも、あの……ディアナのところへ行くんですかい？」

ドナチエンヌはぱっと真っ赤になった。そして、こんなふうに冷静さを失ったことが恨めしくなった。

「あんたみたいな」と、さらに彼は言った。「そんなに若くて、きれいな娘さんがね！」

彼女はいっそう真っ赤になった。店の主人は、湿りけを拭うかのように、掌《てのひら》を腿に擦りつけた。ひどくいやらしい感じだった。

(もしわたしの体に触ったら) と、うろたえて彼女は思った。(顔をひっかいてやるわ)

しかし、彼はそのまま動かなかった。ただ、声を和らげ、そんなにいやみでない、父親のような調子で、こう言った。

「あそこに行くのはよしなさいよ、……そう、運命のなすがままに任せなさい。悪いことは言わないから」

彼は脇に寄って道を空け、一緒に店の中に入るよう、彼女に身振りで促した。だが、ドナチエンヌは身をこわばらせた。彼女は不意に意を決すると、肩をすくめ彼に背を向けた。そして、もはやためらうことなく通りを横切り、三十二番地の扉を押して、家の中へ姿を消した。

廊下は湿っぽく、階段は暗かった。踏み段は黒ずみ、手摺《てすり》は脂でべとべとしていた。手摺といっても、変哲もない鉄の棒が一本取りつけてあるだけで、触る気も起きなかった。壁のペンキは剝《は》げ落ちていなかった。最近塗り替えられ、下の部分が濃褐色、上の部分が薄緑色に塗ってあった。

ドナチエンヌは不安に駆られながら、気のすすまぬ思いでゆっくり上って行った。いったい自分はそこへ行ってなにをしようというんだろう？　その女の人はどんなふうに迎えてくれるんだろう？　女の人になんて話したらいいんだろう？　女の人はエキスパートで口が堅いということだった。ここの住所を教えてくれた女友達は、まちがいなく良い人だ……今や泣きたい気持だった。いや、恥ずかしかったからじゃない。むしろ恐かったのだ。こんな恐ろしい森閑とした家に、どうして一人でなんか来たんだろう？

最初の踊り場に、建物の裏側に面した細い窓があった。ドナチエンヌは、汚れたガラス越しに中庭を覗いた。たるんだ四本の物干し用の綱と、トタンの樋《とい》の先が潜《もぐ》っている黒い樽と、隅に積んだゴミの山が見えた。それと、すごく高くわびしい、監獄のような壁が！

二階に来ると、ドアが一つあった。小さいおそまつな表札に、

サンボ
アーチスト

と、あった。

ドナチエンヌは耳をすました。サンボはきっと留守なんだろう。部屋の中からはなんの物音も聞こえてこなかった。彼女はしかし、古スリッパを引きずる音が聞こえたように思った。だがどっちみち、このサンボが彼女にとってなんだというんだろう？　彼が絵描きだろうと、音楽家だろうと、あるいは曲芸師だろうと。でもおそらく彼は、思いやりがあって人を元気づけてくれる人のいい道化師なんじゃないかしら、お金持の両親が早く治るようにと思って、病気の子供たちの枕元に呼ぶような、そんな道化師。

夜間に男の共同便所に使われているとおぼしき背の低い悪臭漂う流し台の中で、閉まりの悪い蛇口から水滴がぽたぽた落ちていた。銅の蛇口には緑青《ろくしょう》がふいていた。

サンボはひどくみすぼらしい男にちがいないと、ドナチエンヌは思った。鼻眼鏡をかけ、擦り切れたカラーをした、貧乏たらしいヴァイオリニストにすぎないと。まちがいなく、スパンコールをちりばめた立派な道化師ではないと。そうでなかったら、真っ白の小さなとんがり帽子をかぶって、右の頰に星形の銀色の付けぼくろをつけた写真を、ドアに留めておくはずだもの。

蛇口からは水滴が落ちていた。流し台の穴に、水気を吸ってふくらんだ古いマッチ棒が、三本並んで引っかかっていた。

ドナチエンヌは上って行った。階段が埃《ほこり》っぽくなってきた。だんだん、古びた寝台の臭いまでしだした。

上の階に、小さな子供のおしゃべりする声が聞こえたような気がした。きっと錯覚だろう。

幻覚、妄想だろう。こんな陰気な死の家で、小さな子がいったいなにをして遊ぶことができるというのだろう？

ドナチエンヌは前よりそっと、用心しながら上って行った。彼女は踊り場に辿《たど》り着く前に、首を伸ばして半開きになったドアを見た。中からまちがいなく、しかも今度ははっきりと、まだほんの赤ん坊の片言が聞こえてきた。そして、こんな場所でなかったらべつに珍しいことでもないこのさえずるような幼いおしゃべり、この単調な歌うような可愛らしい声が、ここでは異様な意味を帯びて聞こえてくるのだった。

ドナチエンヌはさらに三段階段を上って、ドアを押した……

みすぼらしい台所の油染みたガスレンジの下で、小さな子が床に坐り、くしゃくしゃの紙切れを散らばした中で、白いカップを持って遊んでいた。子供は顔を上げにっこりすると、顎を涎《よだれ》で光らせながら、またおしゃべりを始めた。

「もしもし！……ディアナさん！」と、ドナチエンヌは言った。「ごめんください、どなたかいませんか……」

子供が彼女を見た。返事はなかった。

そこで彼女は部屋に入って行き、通りすがりに子供の小さなブロンドの頭を撫《な》で、台所の突き当たりに開いているドアのほうへ歩いて行った。そこまで入って、彼女は立ちすくみ、叫び声を抑えるために手で口を押さえた……

汚れたベッドの上に、一人の老婆が横たわり、目を開けたまま死んでいた。蝿が一匹、黄色っぽくなった目蓋《まぶた》の辺をちょこちょこ歩いていた。片手がベッドの外に垂れていた。もう一方の手は胸の上にのっていた。床に、何枚か汚れたハンカチと、中身が空で細長い、まるで蛇の脱け殻のように見える黒いストッキングが散らばっていた。

ドナチエンヌは後退《あとずさ》りし、むずかりはじめた子供を見ないように、盲人のように手探りで台所を通り抜けた。踊り場に辿り着くと、息をつく間もなく、がたがた震えながら階段を下りた。

息を切らせて戸口に着いたとたん、彼女はその場に立ちすくんだ。通りの向こう側で、あのいやらしい店の主人が、黙ったまま人差し指を小さく動かしながら、こっちに来いと彼女に合図しているのだ。皮肉っぽい楽しそうな様子で。このいたって単純な仕草——いたずらっ子の過ちを見つけて、どういう罰が待ち構えているか聞きに来いと呼ぶときの、小学校の教師の仕草のような——にはひどく説得力と有無を言わせぬ力があり、そのためドナチエンヌは、言いなりにならないように身を硬くして抵抗しなくてはならなかった。

彼女は通りを渡って行って、彼女の秘密を全部明かしてしまうようなことにはなりたくなかった。彼女は一人でいたかった。だれにも会わず、だれの話も聞きたくなかった。だが、彼女の視覚が乱れてきた。あんなふうに彼女に合図しているのは、確かにあの小男なんだろうか？それとも、ショーウィンドーの中にちらっと見た、両脚ですっくと立ったあのドン・キホーテだろうか、またそれとも、だれか別の人物だろうか——彼女は今や、目に強烈な磁力はないが、揶揄と、見せかけの善良さと、隠しきれない残忍さを目に表わしたこのおぼろな姿の中に、その人物を見出すのではないかと恐れていた。

ドナチエンヌはこの瞬間、魔力から逃れるために十字を切らなくてはいけないと感じた。一刻の猶予もなく。彼女が右手を額のほうに上げたとき、どこかの窓が激しい音をたてて毀《こわ》れ、砕けたガラスの破片が彼女の周りの歩道に落ちて来た。

彼女は本能的に顔をかばい、前方に向かって真っ直ぐ走りだした。

店の扉は開いていた。小男はすかさず脇へ寄った。

ドナチエンヌはわけもわからず、暗がりの中へ入って行った……

そして、通りはふたたび静かになった。そよとの風もなかった。ただ、ガラスの割れた一つの窓枠だけがゆっくり動いていた。聞こえてくるのは忍び笑いだろうか、それとも一人ぼっちでいる子供の片言だろうか？

不吉な店のショーウィンドーには、鳥を肩にのせた少女の像がまた戻っていた。

その戸口には、〈彼〉がふたたび見張りに立っていた。

雌豚

薄汚れた剛毛をいっぱいに突っ立てた、青白い雌豚。
ジョイス・マンサー

霧はそうすぐには晴れそうになかった。それどころか、どんどん濃くなってさえきていた。厚い霧の幕に頻繁に遮《さえぎ》られるようになり、しかもその幕はますます濃密になり、闇の中に突然立ちふさがる白い壁となって、二条のヘッドライトの光に浮かび上がるのだった。車を走らせるのが次第に危険になってきた。まるで平原のあちこちに生じた、手に摑めないこのふわふわした実体が、互いに呼び合い、合流し、徐々に合体し、やがて濃密な一つの塊りになっていくかのようだった。

アーサー・クロウリイはすでに速度を落としていた。今や一瞬ごとに、障害物にぶつかるかと思って、急ブレーキをかけなければならなかった。明かりを点《つ》けていないトラックの後部だとか、道路に横倒しになった木だとか、あるいは、こんな場所で出くわすはずのない、ボートや霊柩車や自転車に乗った若いボーイスカウトの一団といったものまでが、不意に目の前に見えたような気がするのだった……

彼は吐きけを催すほどの疲労に襲われ、このままだと乗りきれそうにないのがわかった。急に、走り続けるのが恐くなった。どっちみちもう、夜半前に到着することはできないだろう。

彼はさらにスピードを落とし、機会を見つけ次第、車を止めて休憩しようと決めた。

ついていたことに、その機会はそれほどかからずに訪れた。右手の、道路から少し引っ込んだところに、霧をすかしてネオンの看板が見えた。彼は、道路脇の土が軟弱で、ろくにバラスも敷いてない出来たての道を入り、ネオンの方向に向かって車を進めた。

やがて、彼は《ひなげし荘》に着いた。それは、最近建てられたばかりのかなり大きなコテージ風の建物で、昔の農場の入口に建っていた。引っ込んだ奥のほうに、農場の建物が霧に包まれて、黒ずんだ、ぼんやりした塊りになって見えた。

アーサー・クロウリイはパーキングの表示に従って進んで行った。コンクリートのジグザグ通路に、黒い車が一台駐車していた。彼はその傍《かたわ》らに並べて車を止めた。ライトを消すと、周囲を一挙に闇が襲った。車から出ると、不思議な薄墨色の暗がりにすぐに目が慣れた。ドアをばたんと閉めたとき、コテージの窓の奥からだれかがカーテンを開けてこちらを覗いた。

彼は砕いた煉瓦《れんが》を突き固めた道を通って足早にコテージに辿《たど》り着くと、ドアを押した。そこは、幹線道路沿いにある、世界じゅうどこにでも見られるような酒場だった。ノルマンディー式のカウンター、けばけばしいラヴェルを貼った酒瓶がぎっしり並んだ棚、電気オーヴンみたいにぴかぴかに光ったジューク・ボックス。ジューク・ボックスからは、耳ががんがんするような音楽が流れていた。赤と白のチェックのクロスを掛けたテーブルが数卓置いてある。天井には、光りすぎなほどつやつやした木の梁《はり》が走っていた。

アーサー・クロウリイは中に入ってドアを閉めたものの、一瞬どうしようか決めかね、じっと立って店内を見回した。店内全体の田舎風とアメリカ風の入り混じった雰囲気が、彼にはひどくみすぼらしい感じに見えた。

カウンター近くのテーブルに坐って、だらしない恰好で肘をつきながら、まだ年の若い女が——きっとここの女主人だろう——一人の客としゃべっていた。彼女はよく太った肉感的な女で、入って来た客のほうに顔を向けたが、やつれて隈《くま》のある、だが横柄そうなその目に笑いが浮かんでいた。彼女は髪が黒くふさふさとし、明らかにほろ酔い機嫌だった。彼女の前に坐っている男は、煉瓦色の肌をし、鈍そうな表情の、額の狭い、フランドル表現主義の絵の人物のような、太った赤毛の男だった。彼は大きな手の中で不器用そうにさいころを振ると、息を吹きかけながら、グリーンのラシャを張った木の壺の中に投げ入れた。

アーサー・クロウリイは首を振って挨拶し、カウンターまで進んで行って寄りかかった。女はそのまま動きもせず、目で注文を訊いた。彼はビールを頼んだ。

女主人はちょっと我慢しててねというように、話し相手のつやつやした頬を軽く親しげに叩いてから、一杯こっきりの客と決め込んだ様子で、クロウリイに飲み物を出すために立ち上がった。

彼女が瓶の蓋を勢いよく抜くのを見ながら、クロウリイは泊まれるかと訊いた。

彼女はけたたましい声をたてて笑いだし、赤毛の男に向かって言った。

「泊まれるかだってさ！」

だが、思考力が鈍った男は、心の中の夢想に耽《ふけ》っていて、片手で頬づえをついたままじっと身動きもしなかった。

「ごめんなさいね」と、女はびっくりしているアーサー・クロウリイに言った。「でも、ここは本当のホテルじゃないもんですから」

彼女は失礼な応対をしたことに気がひけたらしく、愛想のいい口調だった。彼女は言い添えた。

「言ってる意味はおわかりでしょう……でも、今夜お泊まりになりたいというんだったら、そのように用意してもいいですけど」

彼は、霧のために途中でひと休みしたいこと、そして翌日早朝に出発するつもりだということを説明した。

「結構ですよ。今、お部屋をお見せします。じゃ、行って荷物を取って来てくださいな。その間、あの太った駄々っ子を待たせておきますから」

万事手早くすんで、間もなくアーサー・クロウリイはいたってありふれた、ひいやりとする清潔な部屋に入った。旅行中のいつもの習慣どおり、彼は上掛けをまくってベッドを開けてみた。シーツは清潔だがちょっと湿っぽかった。

女主人は、いやみっぽく薄笑いを浮かべながら、彼のすることを眺めていた。

「いかが?」と、彼女は訊いた。

「いいですとも。これで充分ですよ」

「すぐにお休みになりますか?　上掛けを掛けてさしあげましょうか?」

「いや、これから戻って残りの酒を片付けて、なにかひと口食べますから。もちろん、なにか出してくれるものがあればだけど」

「ここなら、お望みのものがさしあげられますよ」

二人が階段を下りて行ったとき、家じゅうに響くような騒々しい音がして、三人の男が大声で話し合い、互いに親しげに叩き合いながら入って来た。彼らは女主人に心やすげに挨拶すると、やたらに親密さを表明し、親愛の情を示し、なれなれしげに体に触れてみせた。

太った赤毛の男は彼らと知り合いらしかったが、自分より傍若無人な彼らを見るとにわかに元気づき、近寄って行って、毛むくじゃらのぷよぷよした大きな手で彼らに握手した。

「おしずかに、おしずかに！」と、これしきのことでは驚かない世馴れた女主人が笑いながら、なだめるように言った。「お行儀よくしてちょうだい。他の人もいるんだから！」

騒々しさが少し収まり、めいめいカウンターに来て陣取った。アーサー・クロウリイはこの陽気な一行に親しみを覚えた。

みんなは二、三杯飲み、冗談を振りまき、そして最後にこの新来の客の一人が、ちょっと黙ったあとで言った。

「さあ雌豚ゲームをやろうぜ」

彼は壺とさいころを貸してくれと言った。女主人は、〈この男の前じゃだめよ〉とでも言うように頭で合図をしたが、この音頭取りの男は気にもかけなかった。そればかりか、彼はアーサー・クロウリイに向かって訊いた。

「あんた、われわれと一緒にやらないかい？」

「いいですよ。でも、なにを賭けるんですか？」

「それは秘密さ」

「というと？」

「勝ったものが雌豚を見に行く権利を貰うのさ」

「なんです、それは？」

「勝てばわかるよ」

賭金はわずかなものだった。アーサー・クロウリイは興味をそそられた。彼は賭け、勝って、わーわーと喝采を浴びた。


女主人が彼を表に連れ出した。彼女のあとについて、彼は真ん中が盛り上がった石畳の庭を突っ切って農場の建物のほうへ向かったが、建物は暗闇の中ではっきり見分けがつかなかった。

彼は、懐中電灯がそっと手に差し込まれるのを感じた。

「電池がもう古いから」と、女は言った。「倹約して使うほうがいいわ」

彼はスイッチを押した。円い光の輪が霧を貫き、一瞬、建物の上に躍った。

「あそこよ！　じゃ、わたしは行くわね」

彼女を引き止めておきたいところだったが、すでに彼女は姿を消していた。彼女が闇の中を走って行って、家の中に入る音が聞こえた。そのときドアが一瞬開き、暗闇に光のトンネルができた。

壁に石灰を塗った、納屋風の建物のほうへ彼は進んで行ったが、黒っぽい大きな果樹棚の下に入口がぽっかり開いていた。中は物置みたいになっていて、壁に吊るした梯子《はしご》や、樽や、空の瓶や、桶《おけ》や、ゴムホースや、それに婦人用自転車まで置いてあるのがわかった。

奥に低い扉が一つ見えた。豚小屋に相違ない。彼は掛け金をはずして、そっと扉を押し開けた。

家畜小屋の臭いが彼の顔面を襲った。懐中電灯の光が暗闇の中を照らし、黄金色の藁《わら》の上に薄ピンクの塊りを浮かび上がらせたが、彼には最初、それが何か見分けがつかなかった。だが、じきに彼は否応なく認めざるをえなかった。そこには、ぼさぼさの金髪の、むっちりした肩と大きなぶよぶよの尻をした、年齢不詳の裸の女が体を丸めて横たわっていたのだ。女はぐっすりと寝込んでいて、その力強く規則正しい寝息にはなにか心打たれるものがあった。

アーサー・クロウリイは長いこと、呆然と、胸がむかつく思いで彼女を見つめていた。或る不快感が、なんとも言いようのない重苦しさが、彼を捉えていた。

眩《まぶ》しい光に眠りを妨げられて、女が体を伸ばし、ぶつぶつ言い、ふり返ろうとする素振りを見せた……

彼は懐中電灯を消し、げんなりしてそこから退却した。

あの落ちぶれた女はだれなのだろう？　あそこでなにをしているのだろう？　いったいどんな忌まわしい見世物にされているのだろう？　どうしてこんなことが許されるのだろう？

彼は考え込みながらうしろめたそうに戻ったが、彼がホールに入るや、みんなが彼の顔を窺《うかが》って、その興奮した様子を探ろうとした。

「早かったじゃないの!」と、女主人が言った。

「眠ってたかい?」と、赤毛の男が訊ねた。

「あんた、四つん這いにさせたかい?」と、別の男が訊いた。「扉のうしろに、先の尖《とが》った棒があるんだよ。そいつを使って奴の肉を突いてやるのさ。そうすると、あいつは手と膝をついて起き上がるんだ」

アーサー・クロウリイは屈辱と憤りを覚えて黙っていた。話そうとしたところでできなかったろう。彼は彼らに背を向けた。

「結局のところ」と、だれかが言った。「あんたはいちばんいい場面を見そこなったってわけだ」

「また今度だわね」と、女主人が言った。

彼は部屋に上って行った。泣きだしたいというか、吐きたいような気持だった。彼は服を脱ぎ、冷えきったベッドの中にもぐり込んだ。

階下で笑い声がしていた。きっと彼のことを笑っているのだろう。間もなく、何人かが中庭を横切り、納屋に入って行き、大声を上げ、笑い崩れるのが聞こえた。

彼は、みんなが雌豚にどんなことをするか想像した……

この不幸な女の光景は、ひと晩じゅう彼の頭に取り憑《つ》いて離れなかった。臆病さからよく見届けずに逃げて来たことを今になって自分に責めていたが、あの女のありさまに想像力が強い衝撃を受け、胸を引き裂かれるような悲しみで、彼は眠っても悪夢に悩まされ続けた。彼はまるで動物扱いのあの監禁された女の運命を考え、自分自身に対し恥ずかしさでいっぱいになるのだった。

彼は今、藁の中に淫らに横たわったあの青白い、脂肪の塊りを目にしていた。なにやら、彼女が四つん這いになり、ひどく愚鈍な哀願するような顔を見せながら、ぎごちなく彼のほうへ這って来るように思えた。彼は夢の中で、救いの手を差しのべ、彼女を助け起こしてやりたいと思った。ところが、その彼の動作は狼狽に変わった。

〝雌豚〟は、太い、ピンクの腕で彼の両脚に絡みつき、彼を傍らの敷き藁の上に横倒しにし、悦楽の声を上げはじめた。その声に、酒飲み仲間の笑い声が入り混じった。彼らは知らない間に姿を見せ、もみ合いながら戸口に下卑た大はしゃぎの顔を覗かせて、口々に意地悪く彼をからかっていた。

やっと夜が明けた。アーサー・クロウリイは、鼻にぷんといれたてのコーヒーの香りを感じ、目を覚ました。

窓に目をやると、平原はすっかり霧が晴れ、鉄線の柵で区切られた草原の広い平野が、遠くに一列に連なる、葉を短く刈った柳並木と一緒に見えた。

中庭の奥に、今思っても屈辱的だが、彼が数時間前に入って行ったあの納屋が見えた。それを見て、文字どおり彼は吐きけを催した。どうしてあんなひどいことが許されるのだろう？　みんなでぐるになってやっているあんなひどいことが、どうして暴《あば》かれずにすんでいるのだろう？　他人事にはけっして首を突っ込まないとの主義を固く守ってきた彼だったが、今日は、今まで従ってきた規律に例外をもうけようという気持になっていた。よけい時間を遅らせて旅行のスケジュールが面倒になっても、ここで起こっていることを警察に知らせなくてはならなかった。彼は、自分を不用意に秘密事に加わらせた連中に対して、多少とも連帯意識を抱く義理なぞ少しも感じなかった。

荷造りができると、彼は下に下りて行った。朝の小さな部屋着を着た女主人は、気さくに挨拶し、よく寝られたかどうか訊いた。ベーコンとハム・エッグのどっちにします？

「ハムもベーコンもいらない！……」

ハムやベーコンなんか、食べようたって食べられなかったろう。きっと、今後もう二度と食べる気がおきないにちがいない。

「……スクランブル・エッグに、パンとコーヒー、コーヒーはたっぷりと！」

女主人が台所へ行って注文した食事の用意をしている間に、彼は車に荷物を入れるために外に出た。昨夜とは風景が一変していた！　明るくなると本来の穏やかな姿に戻るその同じ場所が、霧と夜の闇に覆われるとあんなに脅威の場所になるとは、どんな魔法によるのだろう？

国道沿いの藪《やぶ》で鳥がさえずっていた。トレーラーを引いた赤いトラックがゆっくり通り過ぎ、スピードを出した小さな車がそれを追い越して行った。遠くで犬が吠えていた……

彼は真ん中の盛り上がった石畳の中庭をよぎって行った。だが、思わず納屋に引き寄せられていくのをどうすることもできなかった。彼は誘惑に負け扉を押した。数時間前に入ったのは、まさにここだった。同じ土間。しまい込まれた同じ道具。壁に吊るした梯子、桶、樽、ゴムホース、瓶……

彼は奥の扉を開いた。樅《もみ》の木と、藁と、堆肥《たいひ》の臭いがした。横の窓から日の光がいっぱいに差し込んでいた。心臓が早鐘のように打っていた。彼はじっと目を凝《こ》らした……

一頭の大きな雌豚が立って、鳴き声を上げていた。豚はおぞましい鼻面を彼のほうに向け、邪悪な光を宿した細い小さな目で彼を見つめた。

「食事の用意ができましたよ！」と、外で女主人の声が呼んだ。

この生き物に目を奪われ、見ているうちに言いようのない混乱した気持に襲われて、彼は後《あと》退《ずさ》りしながら外に出た。

夜であるか、太陽が輝いているかで、ものごとは驚くほど違う素顔を見せるのだと、彼は考えた。そう理由をつけて気持を鎮めたかったのだが、それでも、半ば釈然としない気持が残った。

「コーヒーが入りましたよ！」と、また女主人が大声で呼んだ。

彼は最後にもう一度、安心のいくように、今後こんなことを二度と考えないですむように、急いで豚小屋の中を覗いてみた。雌豚は横に寝そべって、大きな乳房のついた腹を見せていた。

万事正常だった。見まちがう余地はなかった。彼の想像力があの忌まわしい話を作り出しただけなのだ。

でも、そうはいっても……昨夜、壁に寄せ掛けてあったのをこの目で見た、あの婦人乗りの自転車はいったいどこに行ったのだろう？

ベルンカステルの墓地で

さて、あとはなにが残るか？……さようなら《ソー・ロング》、ジャック！

アンリ・ヴェルヌ

これは本当の話である。登場する人物はジャン・レイで、彼の許可を得てこの話をここに伝えるわけだが、それというのも、想像をはるかに超えてわれわれの日常生活の埒外《らちがい》に生きたこの一風変わった男の身上調書に、一片の補足資料をつけ加えようというためである。

話は、このひねくれ者の大冒険家が思いもかけず〈墓地〉（墓地は、以後彼が書くいくつもの暗く謎めいた物語の背景となる）に熱中し、これに関する情報を、ほうぼうで、じかに蒐《しゅう》集《しゅう》しようと決心した頃の話で、実はこれによって彼は不感症になった自分の心を楽しませるとともに、もともと並外れた想像力をさらに刺激しようというつもりだったのだ。

ジャン・レイは世に知られた人物である。この物語が起こった頃、彼は六十歳前後になっていた。顔はすでに灰色の石のようだったし、頬はこけ、深い皺《しわ》の刻まれたその顔は、もう年を重ねてもこれ以上変わりようがあるまいと思われるほど老《ふ》けていた。しかし、まだ逞《たくま》しさを失わぬ体のほうには、超人的な若さを秘めた並々ならぬ体力が残っていて、その隆々とした筋肉を働かせていた。

一風変わったこの私の友人は、なんの予告もなく、だしぬけに私の家にやって来た。淡い色のフェルト帽を椅子の上に放り出し、筋ばった手で平たく髪を撫《な》でつけながら、無言のまま私を見つめていた。情熱の炎がちらちらとその灰色の冷たい目の中で躍っていた。これから、どんな新しい冒険に乗り出そうとしているのだろう？

「重要な用件で、ベルンカステルへ発《た》つんだ」と、彼は言った。「ドイツのモーゼル河沿いの。四十八時間だけ時間を作ってくれるとありがたいんだが。それよりなにより、きみも後悔しないはずだよ！」

この季節に、そんな辺鄙《へんぴ》な場所でいったいなにをすることがあるのだろう？　私は好奇心をそそられた。それに、普段めったに訪ねて来ないし、たまに来てもすぐ帰ってしまうようなこの奇妙な人物にどうして逆らうことができたろう。重要な用件ということなら、二日間彼のお伴をするのも悪くない、私のスケジュールを反古《ほご》にするだけの値打ちは充分にある。

その日は万聖節の祝日の前日だったから、事は簡単だった。私はそこで、それ以上説明を訊きもせず――それに、訊いたところで答えてくれなかったろう――すぐさま手筈を調え、それから二人で揃って出発した。

この旅のことについては、ひどく風変わりな食事のあとコブレンツに泊まったこと以外、ほとんど記憶がない。食事は、つやつやした丸顔の、奇妙な小柄の老人が一緒だったが、彼は私の友人に深い敬意を払い、私のほうには言葉もかけず、目を上げて私を見ることさえしなかった。そして、ほとんど幼児のような熱心さで、貪《むさぼ》るようにジャン・レイの言葉に聞き惚れていた。

元気一杯のジャン・レイは、彼だけが秘密を握っているような、お得意の数理哲学の話を男に披露した。聞き取れないほど小さくなるかと思うと、重厚な美しい音を響かせる彼の声、挑むように、あるいは幻惑するように、上半身をぐっとうしろに反らせる独特の仕草、そして、その他にも目つきやジェスチュアに見せる数々の手練手管《てれんてくだ》が、初めから感服しきった聞き手を文字どおり魅了したのだった。

相手の男は、なにを教えていたか知らないが、かつてハイデルベルクで教鞭を執っていた退職教授で、われわれが立ち寄る機会を利用して会う約束になっていたのだった。

われわれがやって来た目的については、少なくとも私の前では、まったく話題に上らなかった。リーメンシャイダー教授のまるぽちゃの顔は、ライン産のワインが背の高いグラスに注がれていくにつれ、次第に紫色を帯び、まるで無花果《いちじく》のような顔になってきた。

彼が熟しきったような顔になった頃、ジャン・レイは二人だけにしてほしいと合図をし、私はおとなしくそこから引き上げた。私はその妙な小男に二度と会うこともなかったし、彼がその後どうなったかも知らない。

部屋に上がって床に入ると、私は間もなく深い眠りに落ちた。

翌日、朝食を運んで来たボーイと時を同じくして、ジャン・レイが部屋に入って来た。元気そのもので、そわそわと落着かず、身体じゅうに活気を漲《みなぎ》らせていた。まるで獲物の足跡を嗅ぎつけた猟犬の態度そのものだと、私は思った。

「さあ」と、彼は言った。「クサヌス生誕の地に向けて出発だ」

「クサヌス？　なんだい、それはまた？」

「人文主義者《ユマニスト》さ、きみ。十五世紀の人間で、六十三歳で死んだ枢機卿だよ」

「枢機卿にしては変な名前だな！」

「クサヌス、クサヌス」と、ジャン・レイは、多少、単語のアクセントが違うゲント訛《なま》りで、二、三度繰り返した。「本当の名前はニコラウス・フォン・クエスといってね、哲学と近代科学の先駆者さ。彼の影響によって、スコラ哲学に科学的世界観が浸透したんだ」

「そうか！　昨夜の会話が今になって理解できた。リーメンシャイダー教授は、きっとその枢機卿を崇《あが》めたてまつっているのだろうね」

「大当たり！　あの人のいい男から望みのものを手に入れるために、わたしも仲間である証拠を見せてやらなきゃならなかったのさ。リーメンシャイダーは科学者だからね。彼と同じ関心を持っている場合にしか著作家なんてものに興味はないんだよ。想像力というものは、科学的裏づけがなければ、彼にとっては軽蔑すべきものというわけでね」

「じゃ、あの男からよほど重要なことを期待していたんだね、あんなにぺこぺこ彼の熱狂ぶりにへつらっていたところを見ると」

「そのとおりさ！　わたしはすっかり酔っ払った彼を自宅まで送って行ったんだが、それでも、奴《やっこ》さん、なんとか期待どおりの資料をわたしてくれたよ」

「で、それは？」

ジャン・レイは薄い唇に人差し指を当て、曖昧に笑ってみせた。

「急いで食事をして、出かけよう」と、彼は言った。「行く道で、なにもかも話して聞かせるよ」

そこでわれわれは、ベルンカステル＝クエスとも呼ばれる古い小さな町、ベルンカステルへと向かった。クサヌス枢機卿の生れた町で、これから数時間後に、私はこの町の絵のように美しい魅力と、不吉な謎とを発見することになるのだった。

ジャン・レイは、ここの墓地が撤去されるので、この機会に、前世紀の中頃に死んだ、正真正銘の吸血鬼だった若い女の墓を見ることができるかもしれないのだと、私に伝えた。

この呪われた人物の身の上とその不吉な所業のことは忘れられて久しく、おそらくベルンカステルではもう、この昔の伝説のことなど考える人間はいなかっただろう。だが、リーメンシャイダーから巻き上げてきた羊皮紙は、それが事実だったことを証拠立てていた。私の老いた友人は、いったいどんな経路でこのことを知ったのだろう？　この点をジャン・レイに話させようと思ったところで、無駄だったにちがいない。彼が自分の情報源を明かすことはけっしてないからだ。ということは、いずれおそらく彼とともに悪魔に関する情報網が一つそっくり消えてしまうことになるだろうが、われわれが知らぬ間に巻き込まれていながら、無知なために感知できないでいるこの神秘の世界について、今ほど詳細な知識が得られなくなるのは、大変な損失にちがいない。

友人が開いて見せた魔術書は、インクが古びて茶色に変質していたが、みごとな筆跡で書かれたゴチック体の文字がぎっしり埋まっていた。それは、髭文字や、花文字や、細線と太線で書く飾り文字からなり、しかも全体が絡み合った組み合わせ模様をなしていて、私にはまったく解読不可能だった。こうして一緒に来たのも、こういうものをじっくり判読するためで、車のハンドルを握って、葡萄《ぶどう》の植わった丘陵沿いに、曲がりくねったモーゼル河に並行する道を全速力で飛ばすためではなかったのだが。

「これからエスター・フォン・シェーファーのところに行くんだ」と、ジャン・レイは言った。「ブルジョワ革命の頃に死んだおとなしい小娘だが、きっとわたしの飲んだウィスキーの量よりたくさん人間の血を飲んでいるのさ、これは馬鹿にならない量だぞ！……彼女はベルンカステルに埋葬されているんだが、もうじきその骨を掘り返して、すでに納骨所に一つに集められて最後の審判を待っている、他の名も知れぬ死者や見捨てられた死者たちの仲間と一緒にすることになっている」

それからわれわれは、吸血鬼や、幽霊や、幽霊屋敷や、死後の呪いや、他にもその類《たぐい》のことをしばらく話し合ったが、どうやら二人の間でもう何年も前から知的にも心情的にも共通の秘密事になっていたこれらの事柄が、私の感性と想像力を驚くほど豊かに養ったらしかった。

夕暮になりかけた頃、われわれはベルンカステルに着いた。モーゼル河にかかる橋を越え、《ドライ・ケーニンゲ・ホテル》の前で車を止めた。部屋を取りに行き、もったいぶった、ちよっと堅苦しそうな感じの主人にパスポートを見せてから、二人で喉を潤《うるお》しに行った。

ジャン・レイは例の場所の発見を急いでいた。

これから散歩がてら、ランドシュットの城のほうへ登って行き、途中、墓地跡の位置を見定めてから、当地でもっとも名高い銘酒、ベルンカステル・ドクトールを一本味わってみようということになった。

絵のようにきれいな家が立ち並ぶ広場を横切って行くと、突然左手の、この小さな町を見下ろす丘の中腹に異様な光景が目に入った。

地面すれすれに何百もの赤い小さな炎がゆらめき、その間を人影が黙々と往き来しているのだった。

友人が私の腕をぐっとつかまえた。

「墓地だ」と、彼は囁《ささや》くように言った。「今日は万聖節だ。透明のコップの中に小さな蠟燭を立てて墓の上に灯《とも》すのが、しきたりなんだよ。急ごう……」

われわれは墓地へ入って行った。先ほどの光景は、近くで見ると、遠くで見て想像したのとはちがって、それほど薄気味悪いところはなかった。そればかりか、このいくぶん異教的な形式の供養からは、ほとんど楽しげな、黙想と平和の雰囲気が立ち昇っていた。死んだ者に捧げる生きた人たちのこの黙々とした質朴な儀式は、まるでみんなで祝う家族の記念祭のようだった。

すれ違っても、この人たちはわれわれの存在など気にもせず、静かに縁者の墓に炎の花を供えに行き、ちょっと黙禱してから、そっと離れて行くのだった。

右手の、墓地の半ば崩れかけた土塀沿いの部分に、爆撃に遭った跡のように大きく穴が穿《うが》たれていた。墓石のかけらが片隅に山積みになっていた。別の場所には木の板や、道具類など、今も家族がお参りを絶やさない憐れな亡骸《なきがら》を掘り返したり移したりするときに使うあらゆる用具が、乱雑に置いてあるのが目に入った。

ジャン・レイは、これらの残骸や盛り土の間を犬が嗅ぎ回るように探りはじめた。彼の姿が見えなくなってからだいぶ経った。私は、月明かりに照らされてきらきら光る、谷間の曲がりくねった川を眺めていたが、そのとき不意に、薄暗いランプを手にして戻って来る彼の姿が見えた。おぼろな明かりが、生きた彼の恐ろしげな顔を異様に浮き彫りにし、私は一瞬、恐怖を覚えた。

「見つかったよ」と、彼は言った。「こっちだ……」

軟らかい盛り土や、角材や、鉄の囲いの残骸や、燃やすように集めた茨の山を跨《また》ぎ跨ぎ、やっと、長い歳月と風雨によって崩れた小さな墓のそばに辿《たど》り着いた。侵入を禁じていたはずの鉄柵はずっと以前から壊れたままらしかったが、その中は、苔と土に覆われた墓石が、あちこち沈下しながらも、崩れかけた墓穴をふさいでいた。地下からすえた臭いが、陰気に胸苦しく、周囲一帯に漂っていた。

ジャン・レイは膝をつき、小さなランプを地べたに置いて、ポケットからちょっとやそっとのことではびくともしないジャックナイフを取り出した。彼は石にびっしり張りついた土と苔を剥《は》がしにかかった。じきに、時代を経て擦り減った文字が現われ、二人でどうにかこうにかではあったが、まずまちがいなく、エスター・フォン・シェーファーの名前を読み取ることができた。というよりは、なんとか判読したというところだろうか。実をいうと、探し求めている名前を知らなかったら、いくつかの文字は読めなかったにちがいないからである。

ひと息いれるために、われわれは小さな礼拝堂の戸口に腰をおろした。ところが、ジャン・レイは爪を掃除しながら、じっと考えはじめてしまったのだ。なにしろ、私のほうは空腹と、なにより喉の渇きで死にそうで、ともかく、味見させてもらえることになっている銘ワインのことしか頭になかったのだ。

友人は私の無言の欲望をおそらく察したのだろう、長い沈黙のあとで、私に断言するように言った。

「食事に行こう。それからまたここに戻って来ようじゃないか。そのほうが、落着いてあとの仕事がやれるだろう……」

われわれが外に出たときには、墓地にはすでにだれもいなくなっていた。小さなたくさんの蠟燭は燃えつきて、もはや炎をゆらめかせていなかった。二時間もすれば、夜の人けのない平和がここを訪れることだろう……

落着かず食事も負担に感じ、そそくさとすませた。ベルンカステル・ドクトールは、値段の高い割に、私にはたいして美味《おい》しいと思えなかった。ホテルの主人はいくぶんうちとけ、食事が終わる頃にわれわれのところにやって来て長話を始めた。彼は料理の品数が少なくてすまないと言った。シーズンが終わったので、数日後に店を閉めることになっていたのだった。また町の中をひと歩きしてくるつもりだと言うと、鍵を預けてくれ、われわれを解放してくれた。自由になるや、われわれはふたたび出かけて行った。

墓地に着くと、ジャン・レイは塀に並べて立てかけてあった道具の中から、つるはしと鍬《くわ》を選んで手にした。そしてすぐに、エスター・フォン・シェーファーの墓石を剝がしにかかった。

私ははらはらしていた。こういう類の実地調査というのは、遠くから眺めれば、なにか冒険に満ちた絵のような場面にも見えるが、こうして現場にいて、しかも月明かりに照らされた本物の墓地で、薪の燃える匂いがたゆたい流れてくるといった田舎の夜のような妙に不安な静寂に取り囲まれていると、死者を冒瀆《ぼうとく》するのではないかという心配のほうが重く心にのしかかり、ありとあらゆる子供じみた恐怖が、いてもたってもいられないほど胸苦しく襲いかかってくるのだった。

すでに友人は亀裂の入った敷石の割れ目につるはしを差し込んでいた。彼は全身の重みをかけてこじ開けようとしていて、そのはあはあいう息遣いを私は聞いていた。やがて、石のかけらの一つが持ち上がり、彼は私に、それを脇に引っ張ってどけるように促した。ついでもう一つ、もっと大きなかけらが動き、それを用心しながら二人がかりで引っ張ると、今度はぽっかり大きな穴が開いた。

私は凍りついたようになっていた。この瞬間、エスター・フォン・シェーファーが墓穴から出て来たところで、それほど意外に思わなかっただろう。私は神経の興奮とおそらく恐怖とから体をがたがた震わせていた。われわれの周囲に、襲いかかって来そうな亡霊たちがうようよ徘徊しているように思えるのだった。なにが起こるかわからず、びくびくしながら私は八方に目を配っていた。

ジャン・レイは、逆に異常なほど冷静だった。この男がなにかを恐れるということなど、ついぞなかった。そんなわけで、墓荒らしの作業も、信じがたいほどの自信でやってのけていた。

彼の振舞いには、なにか悪魔に取り憑《つ》かれたようなところがあった。まさに悪魔に憑かれたという言葉がぴったりだった。今この瞬間、そのがっしりした体からは、得体の知れない力、ふてぶてしいほどの大胆さ、まさに天性の気質を物語る危険への挑戦欲といったものが漲っていた。

彼は地面に腹這いになり、ポケットから懐中電灯を取り出すと、墓穴の中に腕を深く差し入れてから灯した。

「ちょっと見に来たまえ」と、彼はこもった声で言った。

「あんまり気がすすまないね」

「見てごらんと言ってるんだよ」

しぶしぶ私は膝をついて、墓穴の中をこわごわ覗き込んだ。

墓穴はあまり深くなかった。一メートル五十センチくらいだった。底に、蓋が開いて空っぽの泥だらけの棺が、塵芥の間にはっきり見て取れた。蓋は石の仕切りに水平にのせてあり、何百年もの間に積もり積もった細かな土屑に覆われ、仕切りとほとんど区別できなくなっていた。

「思っていたとおりだ！」と、ジャン・レイは立ち上がって言った。「可愛娘《かわいこ》ちゃんは他所《よそ》なんだ」

だがもちろん、彼が、〈可愛娘ちゃん〉と呼んだのは、女の死体を指して言っているのではなかった。

私は狼憑きや、狼男や、女吸血鬼らの悪夢にうなされ、胸苦しい一夜を過ごしたが、その夢の中で、ジャン・レイと、リーメンシャイダー教授と、エスター・フォン・シェーファーとが、まるでミイラを包帯で包むように私を魔術書の巻き物にくるみ、ちらちら燃える小さな蠟燭の火が取り囲む墓の敷石の上に安置するのだった。

夜が明け初《そ》める頃になって、私はぐっすり眠り込んだ。というわけで、私が起きたのは午前もだいぶ経ってからだった。

ジャン・レイはずいぶん前にもう出かけていた。彼は私に待つようにことづけを残していた。私はホテルの広間で、フラシ天の肘掛椅子に腰をおろし、足元のモーゼル河をあきずに眺めたり、ページが汚れてよれよれになった、何か月も前の古雑誌をめくったりしながら待った。

我が老友は昼頃になって戻って来た。二、三、人を訪ねて来たとのことだった。この土地の医者と、法律家と、外見はひ弱そうだが、どうやら――その知性と大変な見識から見て――ひそかにイエズス会に属しているにちがいない僧侶に会って来たのだった。

私の友人は、どういう手蔓《てづる》でこれらの人物を見つけ出したのだろう？　また、自分の目下の関心事にどうやって彼らの興味をひきつけることができたのだろう？　この件について彼らにどんなことをしゃべったのだろう？　例のごとく、その点について彼はなにも話してくれなかった。だがともかく、探している相手が見つかったことは明らかだった。彼はかなり重要な情報を手に入れて来た。この土地の旧家の出で、フォン・シェーファー嬢という高齢で病にかかった人物が、トリアーの療養所に入院しているというのだ。彼は、彼女に会うために必要な紹介状も貰って来ていた。

ブリュッセルを出るときに、ジャン・レイから〈四十八時間〉と言われていた。だが、それに加えてさらに三日間、われわれは帰れないことになった。その結果支障はきたしたが、それでも以下の事実を目のあたりにできたのだから、後悔はしなかった。

トリアー。ドイツの最古の都市。アウグストゥス自身の手によって建設された有名なアウグスタ・トレヴェロールムと称された町。

ローマ皇帝たちや大司教たちの思い出が、はかり知れぬほど深く溶け込んだ不思議な町。古代の遺跡や中世の記念物が、驚嘆に値する巨大な野外博物館を作っている町。

私はこのままここに留まって、黒門とドームとカイザー浴場の間をぶらついてみたいところだった。

むろんそんなことは論外だった。ジャン・レイはひどく急いでいた。なにかが彼を、一刻の猶予もなく、しゃにむに行動へと駆り立てていた。そういうわけで、われわれはそのまますぐに、探し求める女性のいる療養所へ出向いて行った。

その建物は、高い塀に囲まれた庭園の真ん中にうずくまるように建っていた。修道院のようでもあり、兵舎といった感じでもあった。修道女たちが場所を教えてくれた。われわれは、聖ヨセフが緑の植物の間に鎮座しているあまり居心地のよくない面会室に通された。ジャン・レイが受付け係の修道女に言伝《ことづて》の手紙をわたすと、相手はスカートの衣擦れと鍵の音をさせながら姿を消した。長らく待たされたあと、フランシスコ会の神父がわれわれの前に姿を現わした。にこやかな顔をした大男で、まるで鍛冶屋が変装したようだったが、しかし、わたしもめったに目にしたことのない霊的な輝きを全身から発散している人物だった。

私の友人は彼に一通の封筒をわたした。神父は中の手紙を念入りに読んだ。それから私を見ると、先輩格の友人に目で問いかけた。友人は無言で大丈夫だという意味のジェスチュアをしてみせた。フランシスコ会の神父はわれわれについて来るように言った。いくつもの廊下、階段、半開きになった礼拝堂の扉、黙々と通り過ぎる修道女たち、銅器を磨いたり、家具に蠟を引いたりしている下働きの女たち、台所と香の匂い。

われわれはこうして、やっと建物の最上階に辿り着いた。

一つの部屋の入口で、見張り番の修道女が足元に籠を置いて縫い物をしていた。彼女は立ち上がって、われわれの挨拶に応えた。

「問題の女性がいるのはここです」と、神父は言った。「十年ほど前からこの療養所に来ています。天涯孤独の身でしてね。今までずっと静かな扱いやすい入居者だったことはだれもが保証するところですが、それが昨日から、まるで想像を絶するような振舞いをするのです。気の毒にこの女性は、あらゆる点で、紛れもなく悪魔憑きの兆候を示しています。だからまあ、わたしが呼ばれたのですが……」

フランシスコ会の神父は、慎ましい、忍従の微笑を浮かべた。

「わたしは悪魔払いの祈禱師なのです。いささか時代遅れに見えるかもしれませんね！　それでも、わたしはこの道に入って、不思議なことをかなりたくさん目にしてきましたよ。ところで、この病気の老女はほとんど体がきかず、力もなく、逆らう力もないのに、昨夜は三人の修道女とわたしとでかかっても、押さえつけることができませんでした。今日、あなたがたが訪ねて来てくださったのは神の思し召しによるのでしょう。ですから、彼女をきっと癒してくれるだろうという願いから、あなたがたを迎え入れることにしたのです」

ジャン・レイは〈あなたの仕事に割り込むようなことはいたしますまい〉と言うように、恭《うやうや》しく手で合図をした。しかし、その顔は極度に緊張した表情になった。彼はまちがいなく逆のことを考えていたのだ。

「わたしの祈禱も」と、神父は続けた。「極めて厳粛な説得も、すべて無益でした。しかも、こんなことを言うと、あとであなたがたが哀れな病人を見れば笑うにちがいありませんが、彼女がその痩せ細った手でわたしの腿を掴むと、とたんにこのわたしが子供の人形よりも軽くなってしまったのです。ベッドで横になったまま、彼女はわたしをなんの苦もなく床から持ち上げると、四メートルも離れた壁に投げつけたのです。わたしは呆然として倒れ込んでしまいました。それも、その間じゅう彼女は、取り憑いた悪魔の放つ魔力に唆《そそのか》されて、悪口雑言や、罵《ののし》りや、淫らな言葉や、聞いたこともない言語の支離滅裂な言葉を浴びせっぱなしなのです」

　僧服のこの善良そうな大男は、冗談を言っているのではなかった。それでも彼は、この出来事にとくに怖気《おじけ》づいているようでもなかった。彼は祈りの人であり、まちがいなく積極的な徳に支えられた、強力な精神力を持った人だった。彼は明らかにジャン・レイを好ましく思っていて、それが効いてジャン・レイは、感じやすい老人や聖女たちの住むこの療養所でも筋金入りの男と話をすることができたのだった。

「お供しましょう、神父さん」と、友人は言った。

　見張り番の尼僧が脇に寄り、フランシスコ会の神父が最初に中に入ると、とたんに罵声と怒声がわっと襲いかかってきた。

　痩せて、醜い、髪をふり乱した老女があられもなく身をはだけ、シーツを吸い取り紙さながらに引き裂きながら、ベッドの上を飛び跳ねていた。ベッドはまるで、猛《たけ》り狂った二、三人の荒くれ男が暴れているかのように、ぎしぎし悲鳴を上げていた！

　私は恐怖と不安でいっぱいになり、広い部屋の入口のところで、あとについて来た修道女の横に立ちつくしていたが、修道女のほうは恐がっているというより、興味ぶかげな様子だった。

　フランシスコ会の神父が三歩ほど前に進み、力強い声でラテン語を二言三言話すと、悪霊に取り憑かれた女は、いっそう激しく悪魔のように荒れ狂った。それで彼は、不幸な女を無駄に刺激したくないと考えたのか、静かに退《ひ》きさがった。

女は今、顔面をひきつらせ、口から泡を吹き、ぼろぼろになったネグリジェをまとったまま、ベッドの上に坐っていた。押し退《の》けようとするためか、爪でひっかこうとするためか、肉の落ちた両の腕をしきりに前へ突き出していたが、この子供っぽいと同時に痴呆的な身振りほど、見ていて痛ましい光景はなかった。

するとそのとき、思いがけないことが起こった。ジャン・レイが、すごくゆっくりと彼女のほうに向かって歩きはじめたのだ。彼のこの堂々とした途方もない自信については、すでに以前、彼が私の目の前でライオンの檻《おり》の中に入って行った日にお目にかかっている。私のいるところからは彼の眼差《まなざ》しは見えなかったが、催眠術にかけるような目つきをしているにちがいなかった。憑かれた女は両腕をだらりと落とし、見知らぬ男の顔を見据えたまま、じっと動かなかった。それからは、あっという間の出来事だった。ジャン・レイが、この哀れな苦痛に満ちた顔に二度激しく平手打ちをくわえ、女が恐ろしい叫び声を上げた。それから、友人は部屋の隅の、黒い小石のほうに向かって獣のように突進した。それはどこからか出て来て、そこまで転がって来たのだった。おそらく暖炉の炭火にちがいない。というのも、その下の床が煙って、あとでそこが黒い跡になって残ったからだ。

ジャン・レイはそれを巧みに摑み上げると、聖水盤の中へ投げ込んだ。壁に取り付けられたその貝殻形の石の水盤は、たちまち粉微塵《こなみじん》に砕け散った。

それは、疾風のような音をたてながら窓を破って飛び出し、庭の木立を突っ切って行き、はるか遠くまで、木立の枝に稲妻が通り過ぎたようなひと筋の傷跡を残して姿を消した。

「彼女は救われた！」と、感激したフランシスコ会の神父は大声で叫んだ。「大変なお手並みです！」

彼は奇跡を行なった相手の肩を、親しげに感嘆をこめて叩いた。

修道女は微笑《ほほえ》みを浮かべながら、気の鎮まった病人のはだけた体をなんとか覆い隠した。病人はとたんに深い眠りに落ちた。

友人は指の火傷《やけど》に唾をつけていた。彼は今のことをごく当たり前のように思っている様子だったが、満足そうな気持を隠しきれないでいた。

しかし、私は頭がくらくらしていた。思わずめまいに襲われ、意識を失ってしまった。フランシスコ会の神父が、その逞しい腕で子供のように抱いて面会室まで運んでくれたらしい。そこで修道女たちがわれわれに、ごほうびの気付け薬を出してくれた。

「火のようなリキュールだな」と、ジャン・レイは言った。「こんなのは今まで一度も、どこでも飲んだことがない」

原註　私は雑誌「ビザール」に載せた「謎の人物ジャン・レイ」で、この事件のことについて触れた（一九五五、七二ページ）。

サンクト＝ペテルブルグの貴婦人

彼女を逃がさないように、私はその足首を鎖で結わえつけた。
アラバール

その奇妙で病的な夢がおぼろに記憶に残り、一日じゅう、彼女につきまとって離れなかった。いつもは面白くて厭に思ったことがない仕事の最中でさえ、上の空で、何度もぼんやりしたり、他のことに気を取られたりした。それがひどいため、オーレリアは、昼休みに会社を出て、元気を奮い起こすとともに、頭からしつこく離れないくせに実体がない、その記憶の中身を追い払おうと、外で一人で食事をすることにしたのだった。

夢の正確な状況は覚えていなかったが、満たされない好奇心、軽率な行動と屈辱、さらに心の痛手といった不快な印象が心に残っていた。一所懸命思い出そうとしたが、睡眠中の体験をはっきり甦《よみがえ》らせることはできなかった。ただ、それがありきたりなものでも、純情無垢なものでもないことだけはわかっていた。そのぼやっとした霧の中から、どんな人物も浮かび上がってこなかった。そして、妄想をきれいさっぱり追い払うことも、それを明確にすることもできないために、彼女は気分が悪くなるほど激しい苛立《いらだ》ちを覚えるのだった。

そもそも彼女は夢を見たのだろうか？　めまいがするほどゆっくりと、ちぎれゆく雲のように彼女の心の中に次々に生じてくるそれらのものは、まさに消えゆこうとする思い出なのだろうか、それとも逆に、徐々に形をなしていく想念のいまだ模糊とした萌芽なのだろうか？

オーレリアは今、名も知れぬ通行人たちと触れ合うことで自分の空虚な気持を慰めようと、人通りの賑やかな通りをぶらついていた。

すれ違った見知らぬ女の視線に、彼女はふと引き止められた。その瞬間、彼女はこれからなにかが起こり、自分がそれに巻き込まれるだろうと感じた。

彼女はふり向いた。女も足を止めていた。二人は、まるで知り合いの顔に出会ったかのように、両方から歩み寄った。彼女は、「いつかお会いすることになるのは、わかっていましたわ」と言う声を耳にした。

それはもうかなり年配で、身だしなみのいい女だった。ただ、幼年時代を昔のロシアのサンクト＝ペテルブルグで過ごしたとでもいうような、どこか白系ロシア人を想像させる、上品だがいささか奇異に映る装いをしていた。見知らぬ女は、薄気味悪くなるほどの貪《むさぼ》るような興味を見せて、彼女の顔をじっと覗き込んだ。その目は非常に明るいブルーで、底知れぬ感じのする目だった。そして、にこやかな顔の周りを、ブロンドと灰色の面白い小さな巻き毛が取り囲んでいた。

オーレリアは、自分がまったく無気力になり、意志力を失い、捨て子同然に、力なく無防備になるのを感じた。すでに見知らぬ女は、異様なほど優しい仕草で彼女の腕をとっていた。二人は、まるで長年の友達のように一緒に歩きだした。

二人はいつか出会うはずだったと、あれほど確信を持って言ったこの女は、いったいだれなんだろう？　女は彼女になにを望んでいるのだろう？　オーレリアも、なぜわざわざ足を止めて女のほうをふり向くような愚かな真似をしたのだろう？　女とすれ違ったときに彼女に生じたあの動揺はどうしたわけなのだろう？　そしてまた、今なぜ彼女は、この見知らぬ女に腕をとらせ、並んで歩くことを受け入れているのだろう？

　彼女は軽率な振舞いをしていることは知っていたが、妙な好奇心が湧いてきて抵抗できないのだった。彼女にとって、無気力に陥って抜け出せないでいる中で不意に現われたこの女は、今や〈冒険そのもの〉だった。彼女は心配しながらも、承知の上でそれに身をゆだねた。

　言葉はあまり交《か》わさなかった。この場所は混雑しているとか、車の数がふえてきたとか、今上映中のあの映画は面白くなかったとか、ありきたりの話だけだった。

　見知らぬ女の話す声は熱っぽく、わずかにスラヴ訛《なま》りがあり、顔は茶目っけのある優しい表情に溢れていた。茶色の毛皮の縁取りがついた奇妙な帽子、フリルの胸飾りを覗かせたレースの袖飾りのついた黒のスーツ、裏うちのついた古めかしいアクセサリー、といったいでたちの彼女は、まさにサンクト＝ペテルブルグの貴婦人と言ってもおかしくないような女性だった。

　彼女に導かれながら、オーレリアは、二人が偶然や気紛れの命ずるままに歩いているのではなく、今やはっきり意図した方向に向かって進んでいるのを感じていた。

　二人はすでに賑やかな界隈を出て、次第に人の少なくなる大きな通りに入って行ったが、それも、今は建物の裏手や、工場や、倉庫沿いの裏通りに来ていた。壁のペンキが剝《は》げ、古いポスターが、ぼろぼろに破れて剝がれ落ちていた。興行の終わったサーカスのポスターに、咆哮するライオンの姿が色褪《いろあ》せて残っていた。

閉ざされた背の高い格子門の中を覗くと、工場の中庭にトラックが何台も並んでいるのが見えた。

奇妙な静けさが、この人けのない場所を支配していた。

「いったい、わたしをどこへ連れて行くんですか？」と、オーレリアは歩みを緩めて訊いた。

「もうじき着きますわ」

女は彼女の手をとり、一本の指の先でその手を撫《な》でていた。そして、この手袋を通しての愛撫には、なにか説得力があった。

オーレリアは心を決めかねて立ち止まっていた。彼女はもうこれ以上遠くに行きたくなく、道を引き返し、走って帰りたかった。彼女の気持を見抜いたサンクト＝ペテルブルグの貴婦人は、彼女を引き止め優しく言った。

「手数料のことを忘れないでいただきたいわ」彼女はそう言って、たいして当惑した様子もなく、かすかに微笑《ほほえ》みながら、つけ加えた。「決まりですから……」

オーレリアはぱっと手を振り放した。今の言葉で現実に立ち返ったのだった。彼女は向きなおって、きっぱりと言った。

「手数料って、どういうことなの？」

「あら、雌鹿さん、怯《おび》えているのね！　どうしてまた、突然そんなに居丈高になるの？　なぜそんなきれいな目でにらむの？　まだ引き返す間はあるわよ、お嬢さん！」

そう言うと、彼女は両腕を開いて、邪魔立てしないからどうぞとばかり道を指し、オーレリアの決意をさまたげるつもりがないことを示した。

だが、この女はいったいどんな魔力を放っているのだろう？　オーレリアは女の言葉どおりに、ここで別れて、さっさと帰って行きたいと思った。そればかりか、すでに毅然としてそこを遠ざかって行く自分の姿を思い浮かべていた。ところが、その瞬間、彼女はもうそうしたくなくなっていた。逃げ出そうという気持に迷いが生じ、知ることを断念するほどの強い意志はなくなっていた。知るって、なにを？　それこそまさに、心そそられることだった。

「まあいいわ、手数料は払うわ」と、彼女は言った。「で、いくらなの？」

「謝礼の四分の一」と、女は大胆に言った。「そういうことになっているの」

オーレリアはうつむいた。すでに彼女は負けていた。その謝礼って、いったいいくらなんだろう？　だれが彼女にそれを払うんだろう？　そしてなぜ？

「さあ、いらっしゃい。時間だわ。遅れてはいけないの」

二人は前より足早に歩きだした。オーレリアは、今来た道を自分たちがもう一度、齣《こま》送りを速めた映画のように全速力で歩きなおしているような気がした。彼女は、数分前、あるいはおそらく数年前に通った場所を、そこに認めた。しかし、彼女の連れはわざと回り道して道順をわかりにくくしていて、そのためオーレリアには、思ったほど出発点から遠くに来ていないことがわかった。

日が暮れかけていた。明かりがほうぼうに灯《とも》りはじめ、場所の雰囲気が一変していた。まるで別の町にでも来たようだった。人通りの賑やかな界隈の喧騒が聞こえはじめ、それがすぐ近くであることがわかり、そのざわめきになにかほっとする感じがあった。二人は歩みを緩め、声高に話すカップルをやり過ごし（「おまけに、あんたの義理の妹にそう言ってやったわ……」と、女のほうが意地悪そうな声で言った）、それから足を止めた。

「着いたわ！」と、サンクト＝ペテルブルグの貴婦人は言った。

二人は鎧戸《よろいど》の閉まった古い家の玄関扉、黒い口のような郵便受けがある、色褪せたグリーンの扉の前に来ていた。オーレリアは、連れの女がもどかしげにハンドバッグの中を探し、鍵を取り出すと、得意げに昂然と頭をもたげるのを見た。

二人は中に入ると、扉を閉めて明かりを点《つ》けるまでの一瞬、暗闇の中に立ち止まった。

中はバロック風の燭台がある大きな広間だった。薄紫のどっしりとしたカーテンが古い大鏡を縁取るように垂れ、高価なカーペットが、ワックスをかけた黒い床石の上に敷いてあった。突き当たりには、彫刻の施された手摺《てすり》のある階段が、優美な曲線を描いて階上に通じていた。

「上着をお取りしましょうね」と、サンクト＝ペテルブルグの貴婦人は、暗黙の了解を示すような笑みを浮かべながら、オーレリアに手を貸してスーツの上着を脱がせた。脱がせながら、彼女はゆっくりと執拗にオーレリアの背中と腰を撫でた。

「さあもう、わたしは失礼しますよ。上の階ですからね。幸運を祈りますわ」

彼女はちょっと膝を折って妙に古風なお辞儀をすると、横のドアからすばやく姿を消した。

オーレリアは恐怖を感じなかった。彼女は待っていた。彼女はこれから起ころうとしていることを知っていた。階段のほうに向いた彼女は、真っ直ぐ前方を見つめていた……

男は、計算されたゆっくりした足どりで階段を下りて来た。背が高く瘦せた男だった。顔ははっきり見分けられなかったが、しかし、じきにだれかわかることを彼女は知っていた。男は細いしなやかな乗馬鞭《むち》で太腿をぴたぴた叩いていた。

彼女は理解した、これから自分の見た夢を回想するところなんだと、それとも、もしかしたら、今やっと夢を見はじめたところなのかもしれないと。

彼女は目を閉じ、両手を胸の上に組んだ。

エルナ　一九四〇年

パパ、わたしをどう思って？

レイ・ブラッドベリ

　奇妙な出来事だった。一九四〇年五月のことだった。人で溢れ返ったブリュージュの町は、さんさんと降り注ぐ陽光のもとで、まるでこの世の終わりのような大混乱の様相を呈していた。てんでんばらばらな荷車の行列が、町の中を縦横に走っていた。町には場違いな装甲車や、みすぼらしい、異様な恰好のその乗員たちが、群衆の無関心の中を行き交《か》っていた。だれもが自分のことで精一杯で、他人のことなどかまっていられないのだった。ながらくためらっていた避難民たちは、内陸のほうに向かって登って行こうとして、町の中を堂々巡りしていた。彼らは正しい道に出る町の出口を探しているのだった。敗軍の兵士たちは数人のグループになり、食べ物と宿の引き受け手を求めて彷徨《さまよ》い歩いていた。黒い大きなトラックが何台もこの古都の中を横切って行った。それには、まるでこれからパレードにでも出るかのように、両膝の間に銃を立て几帳面に坐った、戦闘服の若いドイツ兵が乗っていた。中には、秘密の命令に従い、運河の畔《ほとり》に止まって兵士たちを野営させるトラックもあった。超然と聳《そび》え立つ大鐘楼に面した大広場では、興奮した多種多様の人の群れが、カフェのテラスでひしめき合っていた。観光気分が数日やそこらで消えてなくなるものではない。〈ブリュージュを、ブリュージュの美術館を、教会を、侵攻者を見物しよう……〉とばかり。ひどく矛盾した、突拍子もないニュースが流れていた。映画女優のベティ・ストックフェルドが、イギリスのラジオを通じて、頑張りぬくよう呼びかけているというのだった。まったく勇敢な娘だ！　時折、航空機が低空で通り過ぎると、だれもが思わず首をすくめた。

ベルギー軍降伏のニュースは二日前、オステンドでわれわれの耳に届き、われわれを打ちのめすとともに、ほっとさせた。指令が出て、ゲント近くのオースタッカーでおとなしく投降するようにとのことだった。なにがなんだかわからないまま、われわれは命令に従っていた。もっとも、なにがどうなるのか、だれにもわからないのだった。われわれの運命はどうなるのだろう。隊が解散し、みな我が家へ帰還するという噂が出ていた。「隊にとどまるように」という上層部からの指示だった。「だれかれを問わず隊を離れるものは脱走者と見なされよう」

私は、少し前に戦線にやって来た予備軍の隊長アッカーマンと親しくなっていた。痩せぎすの、寡黙で謎めいた年齢不明の大男で、愛すべき宿命論者だった。

戦闘が始まって以来、われわれはほとんど眠っていなかった。そんなわけで、いったん部下たちを兵舎に詰め込んでしまうと、連隊長から許可を貰い、ブリュージュの友人たちのところに行って泊めてもらうことにした。

こうして、まだ日は浅いが、戦争の愚かしい任務を通して親しくなった相棒同士として、われわれは、まるで二人の迷子の子供のように、一夜の宿を求めて彷徨いはじめたのだった。人で溢れ返り、無秩序が狂乱状態に達したこの古都にあっては、これはたやすいことではなかった。わたしの友人たちはみなフランスへと逃れていた。彼らの家は避難者でいっぱいで、われわれを受け入れる余地はなかった。しかたなく、赤の他人ながら、よその家の戸口を叩いて頼んでみるよりほかなかった。

幸運はなかなかわれわれに微笑《ほほえ》みかけてくれなかった。敗者は——負傷していない限り——同情を引かないのだ。何度も断わられたあと、最後のためしに、一軒の家に頼みに行ってみた。その家は澱《よど》んだ運河の堤防沿いにあった。横幅が狭く背の高い、ゴチック窓のある古い家だった。呼び鈴の音に、待っている人でもあったかのように、すぐに扉が半分ほど開いて一人の老人が姿を見せた。灰色と赤茶が交じった薄鬚の、見るからにみすぼらしい愛想の悪そうな老人だった。

「夕食と今夜ひと晩の宿をお願いしたいのですが」と、われわれは説明した。

「できません」

すでに扉が閉まりかけていたが、そのとき、われわれの背後に不意に若い娘が現われた。それほどきれいではなかったが、しかし感じのよさそうな娘だった。彼女は「ごめんなさい」と言いながら、アッカーマンとわたしの間を通り抜け、家の中に入ると、われわれを追い出そうとする老人を引き止め、親切にわれわれの弁護をしてくれた。

「無理だよ」と、依然相手はぶつぶつ言ってしぶった。

「ぜひお願いします」と、隊長は静かだが、威圧的な声で言った。

このとき、彼の体からなにかわからぬ催眠的磁力が放たれていた。だがそれと同時に私はこちらが勝負に勝ったことを感じ、また、この相棒が私にとって、ますます得体の知れない人間になりそうなことがわかった。

「代金のほうはたっぷりお払いできます」と、彼は愛想よくしてみせながらつけ加えた。

「ああ、軍票じゃないんですか?」

「もちろん、そうじゃありません」

これで状況は一変した。われわれはじきに合意に達し、こちらはあり合わせで作ってくれる簡単な食事で我慢することになった。

黴《かび》と煙草の臭いがこもった、どっしりした家具でいっぱいの小さな部屋に通され、砂糖なしの紅茶と、食べきれぬほどの量のパンと、冷たい豚のレバーの薄切りが数枚出された。レバーには、われわれはひと口ごとにいかにも大事そうに塩を振りかけた。

食事を運んで来たのは例のこの家の娘だったが、ひと言も口をきかずに引きさがって行った。アッカーマンはしつこいほどの関心を見せて、彼女の顔を穴の開くほどじっと見つめた。この種の卑俗な欲望とは無縁な人間と思っていただけに、彼のこの態度を見て私はびっくりした。しかし私はなにも言わず、このとき入って来たこの家の主人に目をやっただけだった。

「部屋にご案内しましょう」と、彼は言った。廊下は暗い、奴らが電気を止めてしまったからだと彼は告げ、蠟燭に火を灯《とも》した。われわれは石の螺旋階段を上って行った。まるで塔の中にでもいるようだった。薄紫色の三つ編みの太い綱が真っ直ぐに垂れ、手摺《てすり》がわりになっていた。

赤毛のシャイロックといった顔の老人は、燭台を手に、先頭に立ってかなりしゃんとした足どりで上って行った。この別天地に来たような突然の状況の変化くらい、異様な感じがするものはなかった。古い布地を張った壁に、幻想的にわれわれの影が躍っていた。われわれは、外の悲劇的な現実からまったく隔絶した世界にいるのだった！

銃眼の形をした狭い窓から、はるか下方の黒い水面《みなも》に、じっと動かずに止まっている舟が一艘見えた。

まったく思いがけないほどの静けさだった。まさにわれわれは時間の圏外にいた。

「ここです」と、狭い踊り場に面した一つのドアを開けて、案内の老人は言った。ここは隊長の部屋だった。

円形の小さな部屋の中に入ると蠟燭の炎がゆらめき、青白く輝きを失った部屋は、外の光が濃緑色のガラスを通して射し込み、まるで水族館の中にいるようだった。

家具でほとんど部屋がいっぱいといったこの狭苦しい部屋は、めったに空気の入れ替えをしていないにちがいなかった。天蓋つきのばかでかいベッドと、ひびの入った大理石のナイトテーブルと、古い埃《ほこり》だらけの革の臭いがする、キルティングしたビロードの大きな肘掛椅子があるのがわかった。

「シーツはありません」と、山羊鬚を撫《な》でながら老人は困った様子で言った。「でも、まあ、なんとかしのげると思いますよ」

アッカーマンはぶつぶつ言い、ポケットから蠟燭を取り出すと立てるところを探した。そして、片隅に空の壜があるのを見つけた。

「これがいい」と、彼は言った。

「火事にしないでくださいよ」と、心配そうに老人は忠告した。

「おやすみ」と、私は隊長に言った。「ぐっすり眠るんだね。幽霊でも出て足を引っ張ったら、わたしを呼んでくれたまえ」

「ばかばかしい」

まるきりしゃべろうとする気もなく、さっさとまた階段を上りはじめた案内者のあとを、私は急いでついて行った。間もなく彼は、大きながらんとした部屋に私を招じ入れた。隊長の小さな円形の部屋とはひどく対照的な部屋だった。部屋の広い側の壁面中央に、白い石でできた大きな暖炉がついていた。暗い一角に、背の低い小さな箱形ベッドが一つあるだけで、それ以外に家具はなかった。椅子一つ置いてなかった。天井下の壁に、約五十センチ幅に、部屋を取り巻くようにして、はっきり識別はできないが古代エジプトの影響によると思われるいくつかのモチーフからなる、風変わりなフレスコ画が描かれていた。しゃちこばった、様式化された人物像や、秘教的記号や、象形的なあるいは地面の図形で占う土占いの図絵といったモチーフの。

「おやすみなさい、中尉殿」と、私が質問しようと思う前に、主人は言った。

私は彼が下りて行くのを見ていたが、まるで地下室の階段を下りて行くといった恰好だった。小さな火が、やがて井戸のように深い闇の中に消えた。これで、私は一人きりになった。夜の帳《とばり》はまだ下りていなかった。背の高い窓から、まだわずかに外の明るさがこの広々とした法廷のような部屋に入り込んでいたが、その窓に近寄ってみると、表の下のほうに、ドイツ兵たちが野戦場の調理場の前に列を作っているのが見えた。みなリラックスし、上機嫌で、飯盒《はんごう》を手におとなしく給仕される順番を待っていた。彼らのいる場所は、運河の畔の、石炭殻を敷いた小さな広場のようなところで、ベンチがいくつか置いてあった。運河の向こう側に、窓に明るい薄紫の球形ガラスをはめ込んだ、灰色の質素な家が一軒建っていた。

兵隊たちは、他の場所へ離れて行く者もいれば、歩道沿いに腰をおろして食事を取る者もいた。中には、柵に寄りかかって、じっと動かぬ光った水面を見つめている兵隊もいた。次第に薄暗くなってきた。町の喧騒もだんだん小さくなった。まるで、不意に平和が訪れたようだった。そして私は、わが国に押し寄せてきた戦争がさらに遠くまでその恐ろしい渦巻を運んでいくとは、とても思えなかった。

暗くなりそうでなかなか本当に暗くならないあの春の宵空を眺めながら、私は服を脱ぎはじめた。

隅にある箱形ベッドが、まさにここの唯一の家具だった。ベッドを覆った色褪《いろあ》せたクレトン織りのカヴァーを剝《は》いでみると、マットレスも、シーツも、毛布もないことがわかった。ただ、ぎしぎしいう台があるだけで、それを覆った縞模様《しまもよう》の布もところどころ黄ばみ、おまけにつぎまで当たっていた。

私は長い騎兵のコートに裸のままくるまって、眠るのにいちばん安楽な姿勢を取ろうとした。しかし、どうもしっくりいかなかった。枕がなく、足先やふくらはぎがひやひやするので、ひどく寝心地が悪かった。運よく脱出することができたこれまで体験してきたあの悲惨な日々にくらべたら、こんな苦しさなんかまだずっとましなはずだった。だが人間というものは、けっしてそんなふうに考えないようにできているらしい。私は金もなく、荷物も失い、また、集団避難に加わって南へ発《た》って行った家族からの便りも早くは期待できず、今後どんな運命が自分を待っているのかわからない身でいながら、寝心地が悪いなどと文句を言っているのだ、今頃は月明かりのもとで屍《かばね》となっていたかもしれないというのに！

そこまで考えてきたとき、部屋の上のほうで不意に物音がした。この奇妙な家の中で、私は屋根裏部屋の下の最上階の部屋にいるはずだった。ところが、だれかが上を歩いているのだ。というか、むしろ滑るような音だった。まるで床の上をトランクでも引きずっているかのようだった。

今まで眠っていたのだろうか？　何時なのか時間の観念を失っていた。カーテンのない窓から、私は星空を眺めた。表の通りを、だれか重たい足どりで歩く足音が聞こえた。舗石《ほせき》に当たる踵《かかと》の金属的な音……それからまた静かになった。そして今度は頭の上で、大きな猫が歩くような軽い、そっと忍ばせた足音がした。と同時に用心深くドアをひっかく音がした。

「中尉さん、もうお休みですか？」と、女の声が囁《ささや》いた。

そしてそのとたんに私はこの家の娘が蠟燭を手にして入って来るのを目にした。ゆらめく炎が、彼女の小さな青白い顔を意想外に彫りの深い顔に見せていた。表情に富んで、美しいといっていいくらいだった。

私は両手を枕にして頭を持ち上げながら、彼女に用件を話すように促した。

「伯父が今夜じゅうに発つことに決めたんです。明日の朝は、わたしたちはもうここにいません……」

この報《しら》せを聞いても、私は別にどうという関心が起こらなかった。

「伯父は、占領下の災難がわたしに振りかかるのをひどく心配しているんです」と、彼女は続けた。「わたしの母も、二十二年前……」

この小さな娘はじつに愛らしく、それに自分の心の内を訴えたがっているその様子に、なにか心打つものがあった。けれども、私は彼女の身の上話に興味はなかった。私は彼女に、貸してくれるような枕があるかどうか訊ねた。

彼女は階段に消えて行き、彼女の巨大な踊るような影が一瞬、私の大きな部屋の中いっぱいに広がった。

私は、灰色と赤茶の鬚を生やしたあの年老いたシャイロックのことを思い浮かべていた。老人は突然パニックに襲われ、あのきれいな目をした姪が悪い奴に出くわすような危険な目に遭わないように、今からどこかへ逃げ出そうとしているのだ。そんな決断をして、かえってこれから彼女をどれほど危険にさらすことになるだろう。きっと彼は、前の戦争のときになにか厭な体験をしたにちがいない。「わたしの母も、二十二年前……」と、さっきあの娘は言った。

だがこのとき、娘が影を先に立てながら戻って来た。彼女は大きな枕を私の頭の下に滑り込ませた。それはナフタリンの匂いがした。

「ありがとう。きみの名前はなんていうの？」

「エルナ。ちょっといいですか？」

彼女は手燭を床に置き――私の積み重ねた服のいちばん上の下着を照らし出す恰好になったが――ベッドの縁に腰かけた。私は脚に彼女の小さなお尻が当たるのを感じた。

「戦争なんて、馬鹿げてるわ」と、彼女は呟《つぶや》くように言った。「いったい、これからわたしは、どんなことになるのかしら？」

「いや、なんでもないさ。きみの伯父さんは見当違いの心配をしているんだよ。事態はそのうち、徐々に正常化していくと思うね」

彼女は深刻そうに考え込んでいた。

「中尉さん」と、彼女は言った。「わたし、打ち明けたいお話があるんです。あなたはまったくの他人だから、打ち明けやすいの」

彼女がこれから自分の身の上を話そうとしていて、しかもそれが長引きそうな感じがした。私は眠たかったし、このなれなれしげなおしゃべりが私を苛立《いらだ》たせはじめていた。

「わかった！　じゃあ、話してごらんなさい……」

「わたしの父は、前の戦争のときドイツ軍の士官だったの……」

彼女はこの言葉に私がどんな反応を見せるか見るために、ちょっと待った。そして、私がなんの反応も示さないので、戸惑ったようだった。

「おわかりになった？　わたしは、非合法の、反愛国的な結婚から生れた子なのよ！」

「きみだけじゃないさ。いつの戦争でも起こることなんだよ。そんなことを気に病んでちゃだめだ」

「生れて来なきゃよかったんだわ。お母さんはわたしを始末すべきだったのよ」

「それは言いすぎだ！　絶対に言いすぎだよ！　むしろ、お母さんが誘惑に負けなければよかったんだろうけど」

「お父さんはお母さんの意見なんか聞きはしなかったわ。お母さんは十六歳だったんですもの。まだ子供だったのよ」

「いいじゃないか、すべて昔のことだ。きみは可愛《かわい》いんだ。くよくよしていちゃだめだよ。他の女の子と同じように、自分の思いどおりに生きていけばいい。不幸な日々はじきに過ぎ去ってしまうさ」

「たぶんそうね。でも今は、なにもかもすごくややこしいことになっているの。お母さんは、わたしが生れて間もなく亡くなったわ。わたしにとって、この世に残っている人っていえば、あの疑り深くて気難しい、年寄りの伯父さんだけ。伯父さんはお母さんのことをとっても可愛がっていたの……」

「それで、ドイツ士官のお父さんは一度も名乗り出て来なかったの？」

彼女はひどく困った様子だった。

「まったくなんの消息もないままだわ。ただ、ルートヴィッヒという名前だったことは知っているけど……へんな言い方だけど、お父さんがわたしを産ませたこの家を出て行くとなると、これでもう永遠にお父さんを失ってしまうような気がして……」

私は続きを聞いていなかった。眠り込んでしまったらしい。喇叭《ラッパ》の音で、私はかなり早くに目を覚ました。しかし、この喇叭の合図は聞き慣れないものだった。近所に宿営していたドイツ兵が、やがてこの点呼に駆けつけて来た。てきぱきした命令と武器の音が聞こえた。恐ろしい現在がわたしの胸元に襲いかかってきた。

わたしは急いで服を着、下に下りて行った。エルナの話は嘘ではなかった、家は空っぽだった。声を出して呼んでも、外から呼び鈴を鳴らしてもだめだった。隊長も私の呼び声が聞こえないらしく、うんでもすんでもなかった。

私はのちに、この謎の追究のためにさまざまな手を打ったが、結局、もう二度と隊長に会うことも、彼の足跡を見出すこともできなかった。

呼び疲れて、私はなにか悲劇でも起こっているのではないかと心配になりながら、彼の部屋に入って行った。昨日と同じ埃だらけの革の臭いが、ぷんと鼻をついた。だが、ベッドの上に見たもの、それを私は生涯忘れることができないだろう。

それはきれいで清潔な骸骨だった。床には、軍服一式がきちんと揃えてあった。ナイトテーブルのひび割れた大理石の上に、身分証明書が置いてあった。そして、そこには一枚の黄ばんだ写真が。名前を見て、私は仰天した。ルートヴィッヒ・フォン・アッカーマン。

黒い雌鶏《めんどり》

憎悪は想像力の敗北でしかない。

グレアム・グリーン

それはちっぽけな町中の公園だった。周囲を取り囲む高い塀は、何年も前から石灰が塗ってなく、裾のほうが緑色になっていた。日によって、騒々しい小鳥たちの宿り場となるポプラの樹が一本、さらさら葉音をたてながら大きな影を広げており、紫陽花《あじさい》の色褪《いろあ》せたみすぼらしい茂みがいくつか、わずかな日光を求めて生気のない葉を伸ばしていた。あちこちに、湿気を吸って育った背の高い羊歯《しだ》や、野生に返った苺の植込みや、苔むした敷石が見られ、そして腐った枯れ葉が沈んでいる青い石の泉水盤が一つあった。

シルヴァン・エマールはその公園を見張っていた。いつも彼があらゆることを、またあらゆる人間を見張っているのと同じように。妻や、近所の人たちや、出入りの商人たちや、いまだに訪ねて来る数少ない縁者たちを見張っているのと同じように。

彼は六十歳をとうに超していたが、体はまだ矍鑠《かくしやく》としていた。顔は苦渋に満ち、性格は不安定で絶えず悲観的な考えに捉えられている男だった。でっぷりと太って、見たところ人の良さだけが足りない引退した居酒屋の主人とか、度胸のないトラックの運転手といった感じだった。

今彼は、窓を前に、大理石の窓台に両手をかけ、台すれすれに顔をくっつけるようにしてしやがんだところだった。彼は様子を窺《うかが》っていた。姿が見えないように慎重に気を配り、右に、左に移動するのだが、その大きな尻の動きは、異様で滑稽なくらい敏捷だった。

階下で、家の入口の扉が閉まるのを聞いて、彼は妻が戻って来たことがわかった。年のせいかやはりちょっと難儀そうに立ち上がると、彼は暖炉の角の、テレビの傍《かたわ》らに置いた革の肘掛椅子に行って腰をおろし、寝たふりをした。

フェラは部屋に入って来ると、両腕に抱えた荷物を円テーブルの上に置いた。その音で、寝たふりをしていた夫は、夢から醒めたように体をびくっとさせると、呻《うめ》くような怯《おび》えた声でぶつぶつ言った。

「なんだ？　どうしたんだ？」

「わたしよ」と、フェラは言った。

この女は健康で活発で、概して思いやりのあるほうだが、馬鹿な真似や意地悪なことをされるとすぐに苛立《いらだ》つタイプだった。いまだにきれいで、そのことを自分でも知っていた。

「ああ、きみか……いったい、わたしはいままでどこにいたんだ？」

「寝てたのよ」

「そうだな、寝てたんだ。今、やたらに眠いんだよ。考えてみたんだが……」

「珍しいことね……」

「……重病なんじゃないかとわたしは思うんだ。精一杯いたわってもらって、いらいらすることがないようにしてもらう必要があるんじゃないかってね。この虚脱感、半ば放心状態っていう感じは、じつにつらい」

夫の口癖がわかっているフェラは、置いた買物の品を抱え上げると、さっさと台所に消えた。勢いよく戸棚を開けたり閉めたりする音、水を流す音、ボッとガスレンジに火が点《つ》く音、次いで電動のコーヒーミルのぶーんという回転音が聞こえた。

とたんにシルヴァン・エマールは用心深くそっと立ち上がり、数メートル離れた公園に面する窓まで音をたてずに進んで行って、ふたたび監視と奇妙な運動を始めた。

今度こそ彼はそれを見ることができた。それはまだ若く、黒い色——タールのような艶《つや》のある黒——をしていた。胸のところに、炎のように鮮やかな赤い線が縦に一本入っていた。とさかがやっと生えはじめたところだった。それは疑いもなく雌鶏《めんどり》だったが、しかし、なにか見かけはもっと純粋種の高級な鳥、エキゾチックで正体のはっきりしない別種の鳥のように見えた。

いったいどうやってこの公園に入って来られたのだろう？　どこからやって来たのだろう？　おそらく長い間空を飛んで来たあとに高い塀を越えて入り込んだものだろう。そして、今は塀の下にいて、ふたたび飛び立って行くのを諦めてしまったのにちがいない。井戸のような囲まれた狭い場所に閉じ込められ、高く飛び立つのに必要な充分なスペースがないために、囚《とら》われの身になっているのだ。

それは時折姿を現わし、こっこっと鳴き、二、三度くっくっと頭を前に突き出し、それから、紫陽花か羊歯の茂みのうしろに姿を消した。足を高く上げ、頸《くび》をきっと張って、雄鶏《おんどり》のようなやや挑戦的な、活発な歩き方をした。胸を反らし、挑むように首を立て、それからその首をちょっと横に曲げて義眼そっくりの円い目で横柄に眺めるようにする、そんな仕草に見えることもあった。

台所の音はやんでいた。シルヴァン・エマールは急いで肘掛椅子に戻った。ぎりぎりのところだった！　フェラが部屋に入って来た。彼女は彼のごまかしに気づいていなかった。彼は陰鬱な、諦めきった様子で彼女の顔を覗き込みながら、脈を測り、それから心臓に手を当てた。

「具合が悪いの？」

「ひどく息切れがするんだよ」

彼は哀れっぽい、苦しそうな顔をして見せた。フェラは大きく息をついた。それは苛立ちを表わすためだったのだろうか、それとも憐愍《れんびん》を表わすためだったのだろうか？　彼はフェラの胸が大きくふくらむのを見た。どっしりして、まだ固く締まった、素晴らしい胸だった。妻が顔を背けて、横目で彼を見たとき、彼女の目と黒い雌鶏の目がそっくりであるのに気づいて、おかしくなった。彼は思わず笑いだした。そしてこの笑いは、初めは控え目だったのが、彼女の目に驚きの表情が増すにつれ、次第に大きくなった。やがてそれは、ほとんど意地悪そうな、わざとらしい響きを帯びてきた。

「なにがそんなにおかしいのよ？」と、フェラは不愉快そうに訊いた。

「いや、なんでもない」

彼女は肩をすくめたが、彼はいっそう激しく笑い、息を詰まらせ目を拭った。

「そんなに笑わないほうがいいわよ、心臓に悪いわ」

この言葉にはおそらく皮肉な意図があったろう。忠告は彼に銃弾のように命中した。彼は急に笑うのをやめると、心臓に手を当て、悲嘆にくれたような表情をし、ぶつぶつ言った。

「もう、笑う力もなくなってしまったのか……」

フェラはなんにも言わなかった。彼に一瞥《いちべつ》もくれずに、テーブルに食器を並べた。

「十分もすれば、用意ができるわ」

「食べられるかどうかわからないよ」と、彼は言った。「どうも気分がよくないんだ」

「大丈夫……食べられるわよ。いつだって食べてるじゃないの。それも、食べすぎるくらい」

彼女が台所へ戻って行くや、彼は開き戸の本棚をそっと開け、医学辞典を取り出した。仇敵たちに死が迫っている兆候がないかを調べるために、どれだけ丹念にこの分厚い本を参考にしてきたことか！

そして、それには隠しポケットがついていた。そこにウィスキーの瓶が入っていた。彼は急いで立ち上がると、二口飲み、すべてをもとどおりに戻した。


翌日、彼は不愉快な気分が抜けず、長い間それを嚙《か》みしめていたが、そのあとで公園へと下りて行った。

なんの物音もしなかった。歩くたびに、薄く苔むした砂利が重みできしった。高い塀の向こう側には、また別の公園があって、同じように塀で囲われていたが、これもきっと同じような秘密と荒廃を潜ませているのだろう。錆びた鉄の椅子、腐った木箱、もはやなんの役にも立ちそうにない積み重ねられた土の鉢、レッテルが雨で剝《は》がれてだいぶ経つ空瓶、地面に埋まった鉄の靴拭い、放置された熊手等々……生きたもののしるしはなに一つなかった。

黒い雌鶏が草の茂みから出て来て姿を見せたのは、このときだった。異常な喜びが彼を捉えた。彼の苦渋に満ちた顔がぱっと明るくなった。彼は、鶏を勇気づけて傍らへ寄って来させようと、安心させるように、優しく愛想よくしてみせた。

「おいで、ね、ほら、ほら」と、彼は雌鶏の前にしゃがんで言った。「おいで、餌をやるよ」

彼は指を愛想よく動かしながら、雌鶏のほうに手を差し出した。だが、雌鶏は動かなかった。そこで、ポケットに入れて持って来ていたパン屑を摑み出すと、雌鶏のほうへ投げた。雌鶏はその一つをやっと啄《ついば》んでくれたが、とたんに、すばやく逃げて姿を隠した。彼は怒った！

手なずけようとした努力が失敗に帰し、彼はその場に立ちつくした。それから彼は洗い場の扉のうしろに隠れ、手に棒を握り締め、心臓をどきどきさせながらじっと様子を窺った。家には妻もいなかったし、急ぐことはなかった。意地悪な考えが、最初は心の内をかすめただけだったが、やがてそれが、毒性たっぷりの生長の早い茸のように彼の心を捉えたのだった。

雌鶏がじっと監視されているのにも気づかず、彼のすぐ傍らまでやって来たときに、彼は乱暴に殴りつけた。雌鶏は狂ったように鳴き叫びながら、きづたの中へ転がり込んだ。彼は姿を見せず、邪悪な喜びに浸りながら隠れた場所に潜んでいた。

雌鶏は自分の身になにが起こったのかわからないでいた。小さなひきつったような声で、不安げにこっこっこっと鳴いていたが、体にひどい傷を受けているのだった。左の羽が半分ほど開いて、おそらく折れているのだろう、惨めに垂れ下がっていた。

シルヴァン・エマールは黙ったまま、勝ち誇った気持を味わっていた。言い表わしようのないなにかが彼の心を明るくしていた。醜悪ななにかであることはぼんやりとわかっていたが、しかし快感であることは確かだった。

彼は棒を置き、もう雌鶏が茂みの陰に逃げ込んで姿が見えなくなったので、家に戻り、音をたてないようにそっと上に上って行った。廊下を通るときに、鏡に映った顔を見て満足した気持になった。してやったりとばかりその顔ににんまり笑いかけ、もみ手をした。

肘掛椅子に坐ると、すぐに眠り込んでしまった。そしてフェラが入って来たときにびくっとして目を覚ました。彼はそのとたん、今なにかとても重大なことが起こったことを知った。フェラは左腕を肩から包帯で吊り、顔を歪めていた。

「腕を脱臼しちゃったの」と、彼女は作り笑いして言った。「でも運のいいことに、親切で世話好きな人が車で病院に連れて行ってくれたので、すぐに治療してもらうことができたのよ」

「知らない男の車に乗ったのか？」と、啞然として彼は訊いた。「そんなことをしちゃいけないって、いつも言っていたじゃないか？　そういう不注意が危険のもとになる例は、たびたび話して聞かせたはずだよ」

フェラは丈夫なほうの肩をすくめた。

「とても感じがよくて親切な人なのよ。お友達のやっている個人病院に運んでくれて、そこですぐに診《み》てもらったの」

「で、そいつはなんていう男なんだ？」

「関係ないわ」

「また会うことになっているのか？」

「かもね」彼女は夫をからかっていた。「それにしても、どうして脱臼したのか訊いてくれてもいいのに……」

「そんなことはどうでもいい！　気に入らないのは、きみがなんのかんの言っては知らない人間の車に乗るってことなんだ」

「もう知らない人じゃないわ」と、彼女は意味ありげな笑いを浮かべて言った。

彼は心の底の考えを読み取ろうとするように、じっと彼女を見つめていたが、やがてまた肘掛椅子に身をまるめた。この件はよく考えてみるだけの値打ちはある。彼は攻撃的に出ることは控えたが、実際は陰にこもった嫉妬と虚しい怒りに襲われていたのだった。


黒い雌鶏に対するシルヴァン・エマールの二回目の襲撃は、それから数日あとだった。フェラの留守に、彼は自分が考案した風変わりな武器を携え、公園に下りて行って待ち伏せを始めた。武器というのは、ブラシの柄の先に、フォークを取りはずしのきく二個の鉄の環《わ》でしっかり留めたものだった。刃の先端は、念入りにやすりで尖《とが》らせてあり、これによっていっそう危険な凶器になっていた。

雌鶏が一見平穏なその場の様子に騙《だま》されて、彼の傍らまで出て来たとき、彼は握った武器をぱっと前に繰り出した。蛇の攻撃に劣らぬ電撃的な攻撃だった。雌鶏は右脚をやられ、まるで危険にさらされた鶏小屋の鶏がいっせいに不安と恐怖で鳴き喚《わめ》いたみたいに、けたたましく騒ぎたてた。

攻撃は急所に命中しなかった！　鶏は恐怖と苦痛で狂ったようになり、塀に向かって突進した。鶏がそこで身を潜ませる場所を見つけている間、しばらくきづたが揺れていた。

今日はもうこれ以上はだめだろう！　シルヴァン・エマールは自分のしくじりを嘆き、しぶしぶ武器を取りはずした。そしてその解体した部品を、三つ重ねになったブリキのバケツのうしろにわからないように隠した。それがすむと部屋に戻り、肘掛椅子に倒れ込んで、たちの悪い考えを思いめぐらし、そのあげくうとうとまどろみはじめた。

それから二時間ほどしてフェラが帰って来たとき、彼は、彼女が右脚に包帯をしているのを見てちょっと驚いた。踝《くるぶし》とふくらはぎの間に、白い包帯を巻いているのだった。彼はどうしたのか訊こうとしかかったが、なにも知らないほうがいいと思いなおした。そんなことにはもう関心がなかった。別のことで頭がいっぱいだったのだ。

「なんにも気づかないの?」と、いくぶん攻撃的な口調でフェラが言った。

彼は彼女をじろじろ頭から足の先まで見つめ、さもショックを受けたように叫んだ。

「なんだ、怪我をしているじゃないか！　どうしたんだ？　車の事故かい？」

そう言って、彼は暗い、疑わしそうな顔をしながらつけ加えた。

「だれかよその男の車に乗っていたのでなけりゃいいがね……つまり、乗るべきじゃなかった車にさ」

フェラはかすかに顔を赤くした。ばつが悪かったからだろうか、それとも怒りを抑えたからだろうか？

「馬鹿の一つ覚えね！」

「それもきみのためを思ってのことさ。わたしがいなくなったら、わたしの保護や思いやりのありがたさがわかると思うよ」

彼の様子はいかにもそらぞらしく、芝居けたっぷりに見えた。彼は頭を垂れ、額を両手で抱え込むと、ときどき溜息をまじえながら、物思いに沈んだ。


その日、彼は致命的な打撃を与えてやろうと心に決めていた。フェラは美容院に出かけて留守だった。二時間の余裕があった。彼はまず襟《えり》のボタンをはずした。というのも、これから〈格闘〉しなければならないからだ。次に、大きなグラスでウィスキーを一杯飲みほすと、痕跡を残さないように、台所に行って流しですすいだ。最後に、簞笥《たんす》の抽出しから、前にクレディ銀行から景品として貰った、長く鋭い鋏を取り出し、刃先を下にして内ポケットの中に滑り込ませた。それからやおら、まるで密漁者のように周囲に気を配りながら、公園へと下りて行った。

黒い雌鶏は姿を現わさなかった。どこか紫陽花か羊歯の中に身を潜めているのだ。彼はうずくまって、長いこと待った。ついに、彼から数メートルのところで、木陰から出て別の木陰へ行こうと、雌鶏が尊大な目つきをし、羽をつやつやさせ、脚を高く上げながら、意気揚々と通るのを目にした。彼は動かなかったが、心臓がいっそう激しく鼓動するのを感じた。よく知っているあの苦い味わい、憎悪が頂点に達したときのあの味わいが口いっぱいに広がり、逆にそれで、彼は一種の邪悪な満足感を味わった。

雌鶏がためらうように洗い場と道具置き場の角に止まったとき、彼はぱっと飛び出した。そして、うまく塀に鶏を追い詰めた。

雌鶏を両手でしっかりとつかまえ、羽をばたつかせないように太い両膝の間に完全に挟み込み、要するに雌鶏をすっかり自分の支配下に収め、最高の勝利をいざ手中にしてみると、とたんに彼は躊躇《ちゅうちょ》しはじめた。あの熱狂が静まってしまったようだった。獲物を捕えようと四苦八苦したが、結局、あんなに激昂してなにを手に入れようとしていたのか、今やもうはっきりわからなかった。もう少しで、放して自由にしてしまうところだった。自分のほうが強いとわかって、突然、いたぶる相手が前ほど憎くなくなったのだ。ところが、なぜかはっきりわからなかったが、フェラのことがふと頭の中をよぎった。彼は思わずかっとして体が震え、その怒りが怒りを呼び、急速にそれが増大していった。これは、なんとしても決着をつけなくてはならなかった。あの女はあまりに彼をつらい目に遭わせてきた。彼のことをまるで半人前の、世話の焼ける子供みたいに扱ってきた。彼女は金持で、彼は貧乏だった。長年の間、この金銭的な面での劣等感が、彼を苛《さいな》んできた。仕返しをしてやるべきなのだ。そう思うと、今彼の腿の間で生きて脈を打っている雌鶏を血祭りに上げるという行為が、突然、すべてに決着をつける象徴的な意味を持ちはじめた。彼は雌鶏を両脚の間にしっかり押さえつけながら、左手で頭を上に向け、嘴《くちばし》を開かせようとした。そして、持って来た長い鋏を右手に持った。彼は、祖母が嘴の間から調理鋏を突っ込み、喉を切り裂いて鶏を屠《ほふ》っていた仕草を思い出した。あの変な小さな硬い舌や、逆立った頸の羽毛や、狂ったような目がまざまざと目に浮かんだ。それから、ほとばしって地面や祖母のエプロンにはねかかる血。それほど、鶏は喉を切られたあともまだ、ばたばた暴れるのだ。また、この生贄《いけにえ》に、麻痺させるためか肉を軟らかくするためか、あらかじめ何口かアルコールを飲ませていた――鶏たちはこれにはひどくむせたものだった――ことを思い出した。彼はウィスキーを持って来ることを思いつくべきだったと思った。しかし、それは非常に面倒なことになるし、それに今のこの緊張に、すでに彼は疲れてきていた。

彼は雌鶏の頭を真っ直ぐに立て、嘴を人差し指と親指で挟むように押さえて開き、生贄を捧げる動作をした……

だが、黒い雌鶏は猛烈な勢いでもがき、そのため鋏の先が横にそれ、それが運悪く、しかも激しく彼の手首に突き刺さった。それほど痛くはなかったが、しかしはっとして、雌鶏を放してしまった。相手はあっという間に姿を消した。彼の傷は深かった。心臓が脈打つたびに、手首から鮮烈な血が小さくほとばしった。

（動脈だな）と、彼は考えた。しかし、彼は血止めの包帯をすることなんかより、雌鶏と決着をつけることのほうに頭がいっぱいで、右手に鋏を振りかざしたままじっとそこから動かなかった。雌鶏がまた、腐植土の詰まった植木箱のうしろに姿を現わした。彼はよく動くその小さな黒い頭と、赤い筋が縦に入った胸を見ていた。雌鶏のほうも彼をじっと見つめ、彼に挑戦的な態度を見せていた。

出血があまりにひどいので、彼は不安になり助けを呼んだ。その間も、血は流れ続けていた。彼は地べたに坐り込んでいた。絶望し、恐ろしく不安になりながら、もうだれの助けも期待していなかった。そのとき、まるで正義の味方といったようにフェラが現われた。

「そこでなにしているの?」

「怪我をしたんだ。すぐに医者を呼んでくれ!」

彼は彼女に鋏を差し出したが、相手は見えないふりをした。

「電話をするわ」

彼女は家に戻った。彼女は平然としていた。電話には近づかなかった。窓辺に行き、公園の中に目をやって異様な光景を見守った。

彼は依然として地べたに坐っていた。そして、血の流れるのを見つめていた。まるで天からなにか救いの手がやって来るかのように、ときどき空を仰ぎ見ていた。

黒い雌鶏は茂みの隠れ場から出て来ていた。そして、彼の前にじっと身動きもせずに立っていた。最初彼は雌鶏が目に入らなかったが、しかし、突然気がつくと、激しい憤怒に我を忘れた。

彼は鋏を摑み、立ち上がろうとした。だが、うまくいかなかった。地面がぬるぬるして滑ってしまう。膝で歩いて行こうとしたが、そのうち力が尽きてきて、肘をついて四つん這いになって進もうとした。彼は鶏をうまく追いかけられず、相手は自分の優位を彼にひけらかしているように見えた。口を歪め顔を汗だくにしながら、彼は惨めに白痴のように這い回った。もう目がはっきり見えなかった。やっとの思いで誤った方向に彼が進んで行くと、雌鶏は彼のほうに戻って来て、まるで彼の名を呼び、正しい方向に向きなおさせ、「こっち、こっち」と言っているように思えた。この愚かなゲームに、彼は最後の力を使い尽くした。とうとう身動きできなくなり、指を何度も開いたり閉じたりした。彼は地面に顔を伏せ、ながながと横たわった……

するとフェラは監視の場所を離れ、公園に下りて行った。夫の心臓は血が空になり、もう鼓動していなかった。彼は両腕を広げ、うつ伏せに横たわっていた。顔は泥まみれで、服は戦場に放置された屍《しかばね》のようにくちゃくちゃになっていた。

血が広がってすもも色の種子にも似た小さな凝血のできた地面を、黒い雌鶏が啄みにやって来た。雌鶏には、どうやらそれが素晴らしい味に思えるらしかった。円い目が輝いていた。それを見つめているフェラの目も、同じように輝いていた。

女はやがて身を屈め両腕を開いた。雌鶏はその懐《ふところ》に飛び込んだ。片手で鶏を愛撫しながら、彼女はもう一方の手でブラウスのボタンをはずした。それから温かく柔らかな鶏を、彼女の素肌に押し当てた。彼女は雌鶏の心臓が自分の心臓にぴったりくっついて鼓動するのを感じながら、優しく、執拗に、感謝をこめて雌鶏を愛撫した。

そのとき、驚くべきことが起こった。いわば変容と浸透作用が同時に起こったのだ。

実はフェラの体から放出されて形を取ったものでしかない黒い雌鶏は、今や目に見えぬほどゆっくりと彼女の中へ溶け込み、吸収され、同化し、いわば出て来たもとの母体へ回帰していくのだった。

この静かな融解が進行している間、フェラの目は、雉《きじ》の目のように金色の縁取りができ、じっと空を見据えて動かなくなった。頸が長く伸びてから大きくふくらんだように見えたと思うと、彼女は長い溜息をついて、胸を反り返らせた。この溜息が奇跡の終わりだった。事は完了したのだ。

フェラは、乳房の谷間に貼りついて残った黒い羽毛を手早く払い落とした。それから、服をもとどおりになおした。

夜の悪女たち

自分の影と二人きり。
ウイリアム・アイリッシュ

陰鬱な、不安を掻き立てる耐えがたい夜！　田園も、時刻によって悲劇的で悲痛な姿を見せることができるのだ。低く、重苦しく広がる空には、大きな異様な形をした雲が、細長く伸びては、引きちぎれ、ちぎれた雲をうしろに引きずりながら走り過ぎていた。そのちぎれ雲の間から、時折、死んだ魚の腹のように病的な、青白い月が垣間《かいま》見えた。

風が断続的に、急に怒り狂ったように吹きつけていた。生暖かく湿った、陰険な風が、悲鳴を上げるポプラの葉をむしり取り、邪険に垣根を揺さぶり、黒々とした川面にちりぢりにひだを走らせていた。水ひだは追いかけ合い、ぶつかり合っては、ざわめく葦《あし》の中に消えていった。

不吉な前兆の夜。呪われた詩人の、或いは魔女の夜。想像もつかぬほど陰々滅々としたロマン主義的夜。地獄に堕ちて苦しむ魂と、陰鬱な夢のはびこる夜。

だが、今の世になお、人を脅かす隠れた闇の生を感知する人間がいるだろうか？

村の人々は、鎧戸《よろいど》を閉ざし、明らかになにも気づいていなかった。今や、平和な家庭内でだれもが眠けに抗しきれず痴呆状態に陥る、あの理性を逸脱する時刻だった。犬は寝袋の上で、牛は藁床《わらどこ》の上で、豚は汚物にまみれて、農夫はベッドの中で、それぞれみな泥のような麻痺状態に陥っていた。無分別な警戒心の欠如、愚かな盲目。この存在全体の忘却は、生よりはるかに死の傍《かたわ》らにいるのだ。

ああ、断言していいが、人は毎朝目を覚ますとき、遠いかなたから戻って来るのだ！

夜は、神秘がこの世界を領し、嘆かわしいことにこの世界が自らそれに力を貸すのだが、この夜のごく短い時間に、夜の悪女たちが、周囲の目を覚まさぬように、爪先立ちで家を抜け出した。

彼女たちは、普通のときは、みな尊敬すべき女たちである。一生涯恐るべき秘密を秘めていられるほど、彼女たちは極めて巧妙に自分たちの遊びを隠しているのだ。

彼女たちは、そんなわけでそれぞれ田園のさまざまな場所から出て来て、運命の命ずるままに、歩きだした……


一番目の女は風の家を出て来た。

灰色のいかめしい、死刑囚の家とでもいったような不気味な家。密輸業者や徒刑囚が潜むような、石とスレート造りの家。人を寄せつけないような鎧戸の一つが、時折、不意にばたんと音をたてる。起伏のある牧場や森に向かい合った、荒涼とした丘陵の頂上を走る県道の登りつめたところに、荒々しくがっしりと建った住居。この家には、農家を渡り歩く季節労働者でさえ、しかも彼がどんなにへとへとに疲れていようと、一夜の宿を頼んでみようという気は起こさないだろう。あまりに静かなこの家は、周囲に徘徊者を見つければ、上の閉ざされた十字窓から銃火の挨拶を送ってよこすかもしれない。

その悪女は、黙ってそこから出て来た。年老い、痩せこけ、骨ばって、〈飢餓〉よりも痩せ細っていた。邪悪な目をした顔の周りに、灰色の髪がふわふわなびいていた。棒きれさながらの脚の周りで、スカートがちぎれた帆のようにはためいていた。

彼女は風をいっぱいに吸い込み、静まり返った家を注意深く見守ってから、少し遠ざかって行ったが、また戻って来るとじっと様子を窺《うかが》った。人の動きのないのを見てやっと安心し、真っ直ぐ前方に向かって大急ぎに歩きはじめた。二本の白っぽい轍《わだち》が走る土の道を通って、彼女は村のほうへ下って行った。

風はひゅーひゅーと唸り声を上げて吹き、灌木の茂みの曲がり角ではいちだんと強く吹きつけていた。激しい突風が垣根をきしませていた。ひと抱えもの木の葉の塊りが、狂ったように渦巻となって舞い上がり、絶えずちりぢりに散ってはまた一つに合体し、田園の中を幻のように流れて行った。

腕を広げ、この厳しい風の愛撫と突き飛ばすような突風の攻撃を快く味わいながら、風の家の夜の悪女は、確固とした足どりで大股に足早に進んで行ったが、時折、地面をすれすれに飛ぶなにかの鳥のように勢いよく走った。

二番目の女は泡のように水辺の家から出て来た。すっかり苔むし、朽ち果て、湿った楢《なら》の木の鼻をつく臭いが充満する、ご用済みになった古い水車小屋。地下倉庫の、泥の、腐植土の臭気。

黒ずんだ石の壁の中の——石とはもうとても言えないような代物だった——背の低い扉が開いた。背を曲げ、肩に首をうずめた丸い姿が出て来て、獣が穴の出口でやるように外をじっと見た。じめじめした地面の上を、歩きにくそうに二、三歩歩く。右、左、うしろと、用心深く目をやる。年老いて、太って、ぶよぶよの小柄の老女は、息を詰めた。川が、崩れた堰《せき》の残骸の上を単調な音をたてて流れていた。榛《はん》の木の枝が一本、半分ほど水に浸かって、ぴちゃぴちゃ奇妙な音をたてていた。このざわめく川音の中で、重い足を引きずるこの影のような女のゆっくりした足音を、いったいだれが聞き取ることができたろう？

革袋のようなむくんだ顔が、粗野な威厳とでもいうようなものを発散している、ぞっとするほどいやらしい小さな女。水ぶくれのせいで定かでないその顔立ちは、なにより我慢ならないあの猫かぶりの善良さを見せていた。このおぞましい小女は、べたべたと汁液を分泌する、汚水でふくらんで血の気が少なくなった巨大な蛭《ひる》のようだった。

動きがのろく、べったり粘着するような用心深いこの人間革袋は、やっとのことで県道のところまで行った。それから、じきに息を切らしながら、難儀そうに村のほうへ無理矢理進んで行った……

三番目の女は——悪に年齢はないが——まだ、ごく若かった。彼女はこの土地にたまたま立ち寄り、その朝結婚したばかりだったのだ。太陽の輝く素晴らしく美しい土地で！

その夜は新婚初夜だった。だが、なにものも彼女を引き止めることはできなかった。夫の目を覚まさぬようにひたすら用心しながら、宿を、羽根布団のベッドをあとにするとき、彼女は飽食した子供のように口を開けて寝ているこの男を、少しばかり軽蔑せざるをえなかった。

彼女は金髪の美しい女で、長い髪はほどいて肩に垂らしていた。年は二十歳で、無邪気そうに見えた。だが、彼女は落着き払っていた。

ドアはきしまなかった。裸足で、ネグリジェの上にコートをまとい、注意深く息を詰めながら、彼女はゆっくり階段を下り、壁に狩猟の記念品を飾った廊下を進んで行った。

彼女は笑みを浮かべていた……

世の亭主どものように村じゅうが愚かに眠りこけていた。

これからの時間は闇の世界の時間だった。三人の夜の悪女は、秘密の呼び声にいざなわれ、奇怪な会合に遅れぬよう気にかけながら、互いに相呼ぶように相手のほうへ向かって歩いて行った。

すると、彼女たちのために、荒れ狂う空は突然穏やかになり、敵意をはらんだ風は和らぎ、苦しい道は歩きやすくなった。彼女たちがそれぞれ別の三本の道から教会の前の広場に揃って到達したとき、潤《うる》んだ月が彼女たちを、互いに見分けがつくよう、ぱっと照らし出した。

すると、彼女たちは一度も会ったことはなかったが、即座に互いの存在を理解した。遠くから同時に互いの姿を認め、右腕を挙げて仲間同士の合図を送り足を速めた。きっと彼女たちには、語り合うことが山ほどあることだろう！

風の家の夜の悪女は、ひょろ長い脚をさらに大股に開いて歩き、両手でほつれ毛を掻き上げ、皺《しわ》の寄った額をあらわにした。顔は艶《つや》がなく、骨ばって、顎が尖《とが》り、悪意に満ちて、貪欲そうに見えた。

水辺の家の夜の悪女は、まるで吸盤で這い進む軟体動物のように、滑って進んで行くように見えた。彼女は異常にむくんだ頰をさらにふくらませていた。ぐにゃぐにゃした口からはひゅーひゅー息切れの音が出ていたが、ピンクのソーセージのようなずんぐりした手を口に押し当て、その息切れを押さえた。

若いブロンドの夜の悪女は、子供がゲームをしに行くように、身も軽く嬉々として走って来た。

なんという相違だろう！

突然、彼女たちは顔を突き合わせた。一番目の女は、おそらく微笑《ほほえ》んだのだろうが、額に皺を刻ませ、皺だらけの顔の無数のひだの中に、鼻をおかしな恰好につんと突き出してみせた。二番目の女は頰を丸くふくらませ、濁った球のような大きな目をさらにいちだんと曇らせた。三番目の女は薄い真っ赤な口を開け、輝くように白い歯を覗かせた……

二人のぞっとするような老婆は、もとより抜け目がなく、疑いなく悪事の手口と破廉恥《はれんち》な振舞いではエキスパートだったが、このとき、新参の女が恐ろしさのあらゆる可能性を凌駕していることをはっきり知った。この初々《ういうい》しげな女の中には、二人の魔女が思わず身震いせざるをえなかったほどの底知れぬ恐怖と不吉な兆候が潜んでいた。

二人の老婆は呆然として、寄せた皺にすでにこの世の悪意、破廉恥、卑劣がそっくり刻まれた若い女の可愛らしい口元を、間もなく残虐さを発揮するにちがいないその歯を、忌まわしい運命への確信のみが揺らめく、青く澄むとはいえ、いとも冷やかなその目を眺めた。

一瞬、若い女は、地獄堕ちを自覚しながらそれに酔い痴《し》れる人間の残虐な表情をあらわにした。二人の老女は、思わず同じ恐怖の叫び声を洩らし顔を背けた。二人の口は、なに一つ言葉を発しなかった。そしてただ手で顔を隠す仕草をするばかりだった。

この呪われた夜に、さらになにを言い、なにをすることができたろう？

二人の老女は二、三歩後退《あとずさ》りした。二人は、恐怖と、嫉妬と、賛嘆とを同時に感じ、身を震わせていた。

教会の鐘楼の大時計が、その機械仕掛けの解き放つ音でしじまを破った。鐘が三つ、最後の警告のように鳴った。同時に、空はふたたび暗くなった。月はインクを流したような雲の中に没し、路地の角に待ち伏せしていた風は、怒り狂って突進して来た。

三人の夜の悪女は、それぞれ夜明け前にねぐらに辿《たど》り着こうと、あわてて闇の中に姿を消した。

荒涼とした丘陵の上で、風の家の扉が、人目を忍ぶ影を吸い込み音もなく閉まった。

川の畔《ほとり》では、水辺の家の扉が、こっそり忍び寄る影を呑み込んだ。

宿屋の扉は、まだ夜の闇に向かってわずかに開いていた……

そっと爪先立ちで、若い女は、剝製の雌鹿の頭の不安げな目が見守る前を通って、部屋に戻った。

気づかぬ夫の横に、彼女は器用に、しなやかに滑り込んだ。夫は、不意に隣に冷えきった彼女の体を感じ、びっくりして目を覚ました。だがすでに彼女は寝たふりをしていた。ああ！　巧妙に閉じた目蓋《まぶた》、穏やかな寝息、そして薔薇色の頰の上の、その無邪気なブロンドの巻き毛！

彼は幸せで胸がいっぱいになり、彼女をうっとりと眺めた。

「なんてきれいなんだろう！」と、子供のように浮き浮きしながら、彼は呟《つぶや》いた。「なんてみずみずしいんだろう！　まるで野の花のようだ……」

彼女は目を開け、驚いたふりをし、彼に向かってにっこり微笑んだ。

彼はその笑みが素晴らしく可愛《かわい》いと思い、彼女に微笑み返した。

「きみは風と水の匂いがするね」と、彼は小声で言った。「めったに見つからない草のようだ」

そう言って、彼は彼女の歯にキスをした、この愚か者は！

鏡

それはまたもやあの亡霊だったが、恐いと思いながら、いまだに私はそれを愛している。

エルネスト・デレーテ

それは、場所ふさぎなほど大きな家具を階上に運び上げる大仕事だった。鏡は台から取りはずしてあった。軍服の縁飾りのような赤い帯を掛け、灰色の毛布で丁寧に包んだ鏡は、カニンガム自身の手で控えの間に運び込まれ、壁に立て掛けられた。台のほうは、今では流行《はや》らない大きなもので、運び上げるのに何度も階段の曲がり角を苦労して通り抜けなければならず、上がっては下りたり、斜めにしたり、キャスターのついた下の部分を最初に通し、それから上の部分を通したりしなくてはならなかった。なにしろ分解できないためにエレヴェーターが使えなかったのだ。

さんざん苦労して、階段の四方にいくつもかすり傷をつけたあと、やっと運搬がすんだ。カニンガムは汗びっしょりだった。彼は最後の瞬間まで、なにか運命の悪戯《いたずら》とか、思いがけない不慮の出来事とかが起こるのではないかと心配だった。運送屋が帰ると、彼は鏡の台を部屋まで押して来てベッドと窓の間に据えた。それから、梱包された重い鏡を取りに行き、慎重に解いた。楢《なら》の木枠の埃《ほこり》を払い、鏡の面を拭き、台の底板の上に——大骨折りで——のせ、すぐにスライディング止め具を調整し、前に倒れてこないようにねじをきっちり締めた。

彼はベッドに腰をおろし、鏡を眺め、また立ち上がって、ちょっと右に向きを変え、ベッドから眺めて、背後の部屋の奥まで覗けるような位置になおした。

それは美しい、薄く曇った不思議な鏡だった。アンチックのようにも思えたが、おそらく巧妙な古色剤によって傷んだ味わいを出したものだろう。年代を経たしるしであり、何世紀も前から数限りない人たちが自分自身と過ぎ去った青春とを探し求めて無数の時間を過ごしてきた、そのおぼろな足跡の表われのような傷んだ味わいを。

それは暗い、神秘的な水面《みなも》のようだった。その中では皺《しわ》は消え、疲労の跡も苦渋に満ちた表情も消え失せた。そこに映る顔は、ほんのりと幻想的な肖像、なにか或る不変のもの、破壊から護《まも》られたものとなった。この鏡は、永遠の平安そのものを思わせる金と銀の光沢を放つ影を授けてくれるのだった。

カニンガムと美しい愛人のアニェス・サンプソンとは、自分たちの絡み合った姿をどれだけこの鏡に映して眺めたことだろう！　この鏡には一種の魔法の力があると彼は思っていた。鏡は当時、目立たない個人ホテルのスペイン風の部屋の中で、ベッドの足元に置いてあった。二人は何年も前からこのホテルで、感動的なほど変わらぬ愛でもって、常に欺かれることのない喜びを味わいながら、逢瀬を重ねてきたのだった。

しかし、運命がこの愛の絆を断ち切ることになった。二か月前、アニェス・サンプソンが、彼から遠く離れた場所で、愚鈍な夫の横に同乗していて自動車事故に遭い、死んだのだ。

カニンガムはいまだに悲しみと動揺の中で、よろめき、孤独のあらゆる暗礁に絶えず乗り上げているような気がしていた。そして依然としてなお、呆然と途方に暮れたまま立ち直ることができないでいた。

活力を充分に取り戻し、周囲の出来事をふたたび理解できるようになるには、何週間も、何か月も必要だった。激しい悲しみの、苦い陶酔を汲み尽くしたと思ったとたん、思い出が抜け目なく危険なまでにじわじわと侵略してくるのを彼は阻むことができなかった。彼はますます頻繁にアニェスのことを、彼女の白い腕や体のことを、胸苦しくなるほど青白い腹のことを思い浮かべるようになった。徐々に、彼女の存在の値打ちがどれほどのものだったか彼にわかってきた。言葉の不要な愛の沈黙、欲望の静まったあとのくつろぎ、一緒にふたたびゆっくりと高まっていく深い快楽。彼はまた、アニェスの旺盛な食欲や、おかしな現実的金銭感覚や、愛情問題に対する驚くほどの信じやすさを思い出した。彼女はすべてを理解し、すべてを愛したのだった。

こうした想像の逸楽に耽《ふけ》りながら、彼はなにかにしがみつこうとしたが、するといつも、美しい愛人の、感謝に満ちてぐったりとやすらう白い裸体を最後に眺めたあの大きな鏡——悲劇の鏡か、魔法の鏡かは彼にも言えなかったろう——が、彼の頭の中に立ち現われてくるのだった。

鏡はそういうとき、彼女の背後のずっと奥にあり、彼女を眺めながら彼は自分の姿も見ることができたが、しかし彼女が舞台の前面——こんな喩《たと》えができると思うが——を占めているため、裏箔の傷みによって彼のシルエットはぼんやりし、自分は遠く離れたところにいるように見えたのだった。

多くの日々、多くの年月がただ一つの場面に凝縮されたその最後の睦まじい瞬間を、彼は絶えず思い返していたが、そのうちに二人の愛の証人であるその鏡をもう一度見てみたいという気持が起こってきた。そうすれば、おそらく存在した人間の痕跡や、思い出のぬくもりにふたたび出会うことができるだろう。

彼は例の人目につかないホテルを訪れ、女主人に不幸な事件のことを話し、スペイン風の部屋を取ると、二時間もの長い間、苦い思いを味わいながらいわば心ゆくまで悲しみに浸り、もの思いに耽って過ごした。あらかじめシャンパンを一本とグラスを二つ運ばせ、メイドにベッドカヴァーを剝《は》がすように頼んでおいた。

こんなことを何度か続けたあと、彼は女主人を説得して台付きの鏡を譲ってもらうことができた。自分のところのインテリア・デザイナーが見つけてきた掘出し物だけに、彼女はだいぶためらっていた。彼女は、デザイナーがもし知ったりしたら気分を害するのではないかと心配だったし、それにまた、空いたところをなにかで埋めなければならず、部屋の調和が壊れるのではないかということも心配だった。

しかし、彼女は男心とその気紛れをよくわきまえた女だった。これくらいのことは、特別驚くほどのことでもなかった。それに彼女は気のいい女だった。そんなわけで、彼女はかなり高額の代金を手にし、良心的な小さい運搬業者の住所を買い手に教えた。

彼らは仲良く別れ、彼女は、そのうちまたお目にかかりましょうとまで言った。

ジョン・カニンガムは、部屋で、じっと一心に鏡を見つめていた。もう何週間も前から、彼は夜になるとこうして飽かず鏡を眺めて過ごしていた。頭を空っぽにして、何事にも気を散らさないようにしていると、やがてしばらくして、一種の麻痺状態に落ち込む。すると、朦朧《もうろう》とした意識の中で、ばらばらな無数の想念、夢の中に現われるようなとりとめのない数限りないイメージが、彼を襲ってくるのだった。

それはぼんやりした霞《かすみ》の中で起こった。まるで最初曖昧模糊としていた想念が、それに類似した生き物に変貌する力を得たかのように、何人もの人物が、醜悪さと懊悩の体重を備え、いろいろの姿を象《かたど》りはじめた。周知のとおり、幼年時代のさまざまな恐怖や、あるいは抑圧や、欺かれた野心といったものは、ちょうどこんなふうに、しかめ面の卑猥な老婆や、痩せ犬や、大きな乳房の雌豚の形を取って現われるものである。

アニェス・サンプソンが呼び出せると思っていたのに、しまいには彼はもうアニェスのことを忘れ、他の、おそらくただあの世の境界を示し、彼の大胆執拗な望みを挫《くじ》こうとするためだけに出て来たらしい、滑稽で威嚇的な人物たちを相手に格闘していた。

けれども一度、それよりは恐ろしくもなく、いやらしくもないいくつかの姿が礼拝堂の内部に似た一種の穹窿《ヴォールト》の下でうごめいているのを、彼ははっきり見たように思った。

それは三人の人間だった。

どうやらそれは女らしかった——上半身の生身の体から、それは疑いようがなかった——が、しかし地面にセメントづけされた石の塊りの長いフレヤースカートで下半身が縛りつけられていた。水が回転している水槽の中の海藻さながらに、彼女らは両腕を揺り動かしていた。かと思うと、首のない、手の先に尖《とが》ったナイフを握った、籐のマネキン人形に姿を変えた。するとまた今度は、クローズアップされた彼女たちが、目に涙をいっぱいにため、三つ編みの髪のひと房を口にくわえ、口から垂れたその一部が、ぼってりと細長い蛇のように見えたりするのだった……

それから、小さなチャペルが大聖堂の大きさに広がった。その中の、高い塀に両側を囲まれた中を覗き込むと、行き止まりの小径《こみち》のようなところに、彼女たちの姿がごくごく小さく見えた。彼女たちは、彼のほうへ駆け寄って来た。だが、すべては霧の中に霞んで見えなくなった……

しかし彼は、いつか、実体のない幻影以外のものが現われるだろうという希望は抱いていた。彼は急がなかった。鏡を手に入れて以来、彼は不可知なものを知ることに上達したらしかった。いらいらせず、一つの観念に取り憑《つ》かれず、ものごとにはそれ相応の時間をかけたほうがいいのだ……

アニエス・サンプソンは、或る金曜の晩に、初めて彼の前に姿を現わした……カニンガムはベッドで本を読んでいた。プツンと小さく弾ける音が聞こえ、不意に真っ暗になったので枕元のランプの球が切れたとわかった。

彼は暗闇の中に起き上がり、無意識に鏡の方向に目をやると、ぼんやりした光源がはるか遠くから届いてそこに映るかのように、鏡がそっと光りだすのが見えた。

彼は心臓がどきどきし、息が速くなり、全身の毛が逆立って、身動きもできなかった。彼は凍りついたようになっていた。今度こそなにかが起ころうとしており、自分が今運命の曲がり角にいることがわかった。

アニエスの顔が、最初は少しぼうっとしていたが、そのうち驚くほど鮮明に鏡の中に現われた。彼には、彼女が、まるでスクリーンに映るようにはっきり見え、あの世から来たこの神秘の、衝撃的な映像を途中で消してしまうのを恐れて息を詰めた。徐々に若い女の体の輪郭が浮かび上がり、それから、死ぬ前に最後に眺めたとそっくりのアニエスの裸体が、痛いほど鮮明に、彼の眼前に出現した。

彼女がそこに、静かに微笑《ほほえ》みながら、見慣れた仕草で項《うなじ》に手をやり髪を撫《な》でつけているのを見て、彼は急にこみ上げてくる愛情で胸がいっぱいになり、どっと涙がほとばしり出た。

こうして彼は、かつて愛した、そして今も愛し続けているそのままの彼女に、ふたたび出会えたのだった。祈るように両手を組み合わせて、彼は彼女に話しかけようとしたが、言うべき言葉が見つからなかった。

「おまえ！　おまえ！……」と、ただそう呟《つぶや》くだけだった。

彼女にこんにちはと挨拶したり、元気かいと訊いたりするのはあまりに馬鹿げていた。彼にはそれがよくわかっていた。まったく新しい言葉を見つけなくてはならなかった。だが、それが浮かんでこなかった。そして、目が涙で曇り、彼女の姿がぼんやり霞んだ。

彼は、アニェスが鏡の内側で、しかもガラスの裏側にぴったり張りつき、両手を開いて、割れ目がないか、目に見えないこの障害を通り抜けるてだてがないか探してもがくのを見た。やがて彼女は苛立《いらだ》ち、拳で叩いた。そういう彼女のうちには、なにかいきりたった、見るからに痛ましいものがあった。ところがこの光景を見て、彼は思わず、檻《おり》に閉じ込められた動物の滑稽な努力を思い出さずにはいられなかった。彼はアニェスに近づき、ガラス越しに彼女の顔や、胸や、腹や、腰に掌《てのひら》を当てて撫で、彼女をなだめながら、彼女が微笑み、確認と同時に約束をも意味する再会のキスのために唇を合わせてくるのを待った。

彼は今や彼女に話しかけていた。別離以来、時間が止まってしまったようだったと、彼は言った。いわば透明の泡の中で無力の虜《とりこ》になり、虚しい行為に身を消耗させてきたと。だが、今からはすべてが変わるだろうと……

彼の話が聞こえているらしく、彼女は彼を救い、生きる手助けをしたがっているようだった。彼女は考え込み、意識を集中するように見え、目を閉じた。この瞬間彼は、彼女が自分を見なくなったのだから、自分ももう、彼女をふたたび見ることができなくなるのではないかと心配になった。彼は鏡を、初め人差し指で叩き、それから鍵でもっとはっきりした音をたてながら叩いた。しかし、アニェスは目蓋《まぶた》を閉じたままだった……

突然、枕元のランプが点《つ》いた。魔法は途絶えた。鏡はもはや、不安そうなカニンガムとその狼狽した顔を映し出すばかりだった。しかしそれでもなお、カニンガムはまた新たな再会を信じて、元気づけられ希望に満ちてくるのを感じた。彼はあの世に対して一歩優位に立ったのだ。彼は、自分の願いを叶えてくれるあの非物質的存在が、単に想像力による妄想にすぎなかったかもしれないとは、一瞬たりとも思わなかった。それどころか、その逆だと確信していた。今では彼は、まちがいなくまたアニェスを呼び出すことができると信じていた。しかも、おそらくあそこから彼女を外に引き出し、今までの体験とは別ものだろうが、生と死の間で折り合う、いわばしかるべき中間体験をなんとか始めることさえできるだろうと思った。

アニェスは、今や定期的に姿を現わすようになった。彼が自分のところへ彼女を呼び出す方法を見つけたのだが、彼女のほうでも、それ以後、どうやったら彼のもとに来られるか知ったようだった。彼女もまた、自分が引き止められている世界の中で、そうする自由を獲得することができたのだが、これは大変なことだった。

再会の祭式はいつも同じだった。彼が鏡のこちら側に、彼女が向こう側にいて、互いに傍《かたわ》らに来ようと努めながら、昔の仕草を思い出しつつ身振りで話し合った。そして、こんな状況に欲求不満を覚えながら、この中途半端なゲームにでも確かな快楽を味わうのだった。

或る夜、何度も挑発的な態度を見せたあとに、アニェスは両腕を差し出し言葉を口にした。するとそれが初めて二つの世界を遮《さえぎ》る境界を越え、彼の耳に届いた。

「来て、ね、わたしのところに」と、彼女は言った。「だって、わたしのほうはできないんですもの。来て……ぐずぐずしないで……」

こうなるともう、彼は目の眩《くら》むような虚無感に捉えられ、鏡の中のアニェスの吸引力に抵抗できなくなった。まるでそれは、一部だけ生き残ったこの死んだ女が、なにかの魔法の力で、彼に否応なく自分の言葉を聞かせ、そのあとについて来させることができる方法を見つけ出したかのようだった。

鏡の向こう側から、盛んに振りまく誘惑のジェスチュアに彼女への欲望を掻き立てられはしたが、彼はまだ正常な意識を失っていなかった。彼女のもとに行こうとして、すべてが謎の、二度と帰って来られない世界に入って行くのは軽率ではなかろうかと、持ち前の現実的な頭が彼に警告を発していた。彼はアニェスのことや、二人の情熱の性質について自分に問いかけてみた。彼が、自分の愛した他の人間たち、例えば彼の子供たちの性格について思い違いをし、あとで彼らの性格の中にあらゆる種類の矛盾や隠し事を発見したように、彼女の性格についても思い違いをしていないと言えるだろうか？　しかし、この問答のおかげで、彼の頭ははっきりした。おそらくだれにもなにも非難することはできないのだろう、性格というのは一種の不断の創造物であって、人生のさまざまな波瀾を受け入れ、そしてまさにそのことによって不可解なものとなっているのだから。彼は理解するのを断念した。運命は歩みはじめていた。彼は決断と善意が身内に満ち溢れるのを感じた……

アニェスは鏡いっぱいに広がってから、仰向けになり、膝を曲げて開いた両脚を今や大きく目の前にさらけ出していた。その中央にある幻惑するような暗い穴が、呆然としたカニンガムの顔に近づいて来るにつれ大きくなっていき、彼の目はぼんやりと霞んでいった。今やそれは洞穴の入口か、海の怪物の大きく開けた口のようになり、彼は、そこにやがて自分が飛び込み、呑み込まれるにちがいないと察した。

かつて、彼は、愛人のうちにこんな貪欲な性格を認めたことは一度もなかった。こんなに激しい挑発をする彼女を認めることにためらいを覚えずにはいられなかった。と同時に、はかり知れないほど大きな愛が、あらゆる誘惑手段を、口にするのもはばかられる手段をも用いて、ひたすら彼に思い切った決断をさせようとしているのだろうと思った。

今や彼の耳には、海の波の音が聞こえていた。波が脳中の岩にぶつかって砕け散り、寄せ返しては彼のこめかみを打った。波音が部屋いっぱいに鳴り響いていた。そして、今は巨大な貝の内部にも似てきた大きな薔薇色がかった口の奥に、裸身の愛人が現われ、腕を差し出しながら彼のほうに向かって歩いて来ると、仰向けに横たわり、あっという間にこちらに近づき、ほとんど目の前で恥ずかしげもなく体を開くや、またたちまちその彼女自身の内部に彼女の姿が現われるのだった。この繰り返し、彼女の中にまた彼女が現われるこの一種の回帰が、絶え間なく繰り返されるのだった。

そのときカニンガムが、酔った男のようによろよろと立ち上がった。彼は、鏡枠の端を確かめるために横の縁から手探りしていきながら、鏡に触れた。そして、腕が虚空に突き出されるのを感じても驚かなかった。彼はそれから、一瞬前彼のほうに向かって走って来た彼女を求めて、洞穴の闇の中を真っ直ぐ進んで行った。

彼は不安に捉えられ、用心して小声で彼女の名を呼んだ。しかし、彼はさまざまな障害物に突き当たり、しかも行く手にはドアが閉ざされ、行き止まりになっているのがわかった。彼は錯乱したようにドアに突進し、押し開けた……

彼は四階下の歩道に墜落した。

アマンダ、いったいなぜ？

私は失ったものしか愛さず、不可能なものしか欲しない。

ジョゼ・カバニス

　私は最悪の事態を覚悟していた。私の失敗だった。私は好奇心が強すぎるのだ。すぐに餌に飛びついてしまう。自分から〈文字どおり、あなたのご本の虜《とりこ》になっており〉、幻想的なものやオカルトに夢中で、暇がたっぷりあり、今度パリにおいでの折にお会いしたいなどと言ってくるような女の読者くらい危険なものはない。しかもそれを、電話番号入りの、香水の匂いがする藤色の便箋に書いてくるのだ。おまけに〈ジャスミン〉の香りの。

　アマンダ・ド・C…と、名前を読んだだけで当然警戒心が起きてしかるべきその手紙の主に、私は意志薄弱にも返事を書いてしまった。三日後の八時半に《グランド・ホテル》のロビーにいる、もしご都合がつき、食事を共にすることができればさいわいだと書いてやったのだ。

　手紙の相手が都合がつかなければさいわいだったのだが。ところが、相手は暇で都合がついたのだ。部屋で旅の疲れを癒してから階下に下り、ロビーに入って行くと、異常な人の渦が目に入った。人気女優でも到着したのか、あるいはファッション・ショーでもやっているのか、それとも現行犯で枕探しの女でも逮捕したのかと思った。ブルーのビロードの裏がついた、黒ラシャの長い袖なしのマントを着た、素晴らしく美しい若いブロンド女が、人々の注目の的になっていた。彼女はゆっくりと、女王のような堂々とした態度で歩いていて、動きにつれ、そのどっしりしたマントの前が開き、胴から踝《くるぶし》まで流れるようにひだをなして垂れている黒っぽい色のドレスを覗かせていた。彼女はちょっとじれったそうな様子に見えたが、それでも落着きは失わず、自信たっぷりに、同時に自分が好奇の的になっていることに多少苛立《いらだ》ちながら、往きつ戻りつしていた。

ドアマンが控え目な態度を装いながら、私に近寄って来た。

「あのご婦人がお呼びになっていらっしゃいます」

「どのご婦人？」

それはまさに件《くだん》の女だった。彼女はパレードの花車から降りた美の女王を、仙女ロージャを、マリー・アントワネットの侍女カンパン夫人を思わせた。みんなが好奇の目で見守る中を、私は彼女のところへ行き、自己紹介した。

「初めまして」と、キスさせるために女王のような態度で私に手を差し出しながら、彼女は愛想よく言った。「お会いできて、本当に幸せですわ」

彼女はそう言ったが、私はまったく信じなかった。彼女は大変な美人だし、とにかく私には若すぎた。私は自分が、スターの卵をものにしようと考えている胡散臭《うさんくさ》い興行師のような気がした。年を取った男がどっちみち滑稽な存在でしかなくなるこういう状況が、私はたまらなく厭なのだ。

「あなたは、とても素直なお嬢さんのように思えますが」と、彼女の顔をまじまじと見つめながら私は言った。「もし、あなたのおしゃべりが、その外見どおり可愛《かわい》らしいものなら……」

「わたしの外見なんか、どうだっていいですわ！　違うところを見せようと思えば、いつだってできますのよ。今日、陶酔できるものといったら未来ではなくて、過去ですわね。銀河系外星雲のことなんか、わたし興味ありませんの。それより、『トリアノン』や『マリー・アントワネット女王の庭園』のお話をしてくださいません？……」

一緒にホテルを出て、私はこの新しい友人を食事に連れて行ったが、彼女の快活な話しぶりに魅せられながらも、その異様な服装には閉口していた。道で彼女と並んで歩くのはひと苦労だった。というのも、長いスカートと幅の広いマントがほとんど地面を引きずり、重たく揺れ動くひだがひと足ごとに意地悪く私の脚に絡みつき、否応なく危ない軽業をさせられるはめになったからだった。

彼女は小さな、楽しいレストランにわたしを案内してくれたが、そこではわれわれのようなカップルでも、周りにあらゆる年齢層のカップルやあらゆる人種のカップルがいるために、格別変には見えなかった。

さいわい、人目にたたない居心地のよさそうな席が見つかり、早速二人は、海の幸の盛り合わせを前に親しくおしゃべりを始め、お互いのことをもっと知る糸口を見つけ出しにかかった。

アマンダは、オカルトの世界はずっと人間の目に見えなかったわけではないと主張した。それは、みんなの目に留まらずにきただけなのだと。

「昔」と、彼女は言った。「一切が、知られ、目に見え、知覚でき、みんなの手の届くところにあった、そんな一時期があったんだわ。でも、それはあまりに巨大で、圧倒的で、まばゆく、息苦しいものだった……だから、人々は自分から目を閉ざしてしまったのね。それで、これは徐々に闇の中に姿を消していって神秘的なものになってしまった。より鋭敏な感覚と、より敏感な感受性を持っている少数の人たちだけが、今では失われた知識の神秘の洞窟をまず察知して、観察し、ついにそれを復元して、頭の中でその世界を縦横に駆け巡っているんだわ」

私はうっとりと彼女の話に耳を傾けていた。美人だし、話しぶりにも熱がこもっていたが、同時に彼女は、素晴らしい健啖ぶりも発揮していた。彼女の話は確信に満ち、また説得力があった。

彼女もそうした特権的才能の持ち主かと、私は訊いた。

「そうなりたいとは思うけど。わたしもいつか……でも、あなたは確かにそういうお一人なんでしょう？　だから、わたし、あなたとお近づきになりたいと思ったの。だからこそ、こうして包み隠さず率直にお話ししているのよ」

彼女は半分に切ったレモンをしぼって、貝の上にかけた。用心して目を細めながら。まだ子供っぽいその目鼻立ちに、ちょっと悲しげな微笑《ほほえ》むような表情が浮かんだ。

「一年以上も前から」と、彼女は続けた。「あなたにはお馴染みの身近な幻想の世界を超えた分野を、ちょっとばかり研究してみているの。秘法家や、練金術者や、占星術師や、ケルト学者や、天体や宇宙の探検家や、心身分離して意のままに心霊投射ができる人や、内的空間の詩人といった人たちのことをね。こういうことに、わたしは興味があって」

このとき、彼女はテーブルの上から手を伸ばして、私の手の上に置き、にっこり微笑んでみせた。

「こうしてお会いしたことで、わたしがなにを期待しているかおわかりでしょう?」

私はちょっと肯《うなず》いてみせ、相手はそれを承知と受け取った。

「こういうことは、狂信的なお婆さんたちに関心のあることではないわ。もっと若い人たちがたくさん、こういうことに情熱を燃やしているわ。三十歳から四十歳までの人たちが。それこそ真面目で、無欲で、自発的な探求の確実な支えだわ」

ボーイが皿を取り替え、網焼きのすずきを運んで来た。二人の間にしばらく沈黙が続いた。それから、魚を二口三口、よく味わうように食べてから、彼女はまた話を続けた。

「ジャック・ベルジエと二晩もながながとお話をしたことがあるし、シャルルーが自分の著書の中で話題にしているソラ・ロファカルともお会いしたわ。ルーン文字と北欧民族の伝統を研究しているケルト学者の。結局今は、名前は言えないけれど、ヨガやタントラ教を盛んに勉強している或る協会と関係しているの。会員は、本の知識だけでなく、実際に実験をして、魂や生命を危険にさらしたり、旅をして貴重な教えを持ち帰ったりしているわ。まさに大冒険をするのよ」

それまで彼女は皿の上に顔をうつむき加減にして話してきたが、今や、私を真正面から見つめていた。

「今ではもう、徹底的に足を突っ込んでいるわ。パリから逃げ出せるときには、田園地帯の静寂な夜の中に、廃屋になった古いお城や、お墓や、十字架の立つ丘といった、変わった風景を探しに出かけるの。わたしは大墓地と森のマニアだから。夜な夜な、十八世紀のドレスを着て、呪われているという噂の場所にしつこく出かけて行くんですけど、思いがけなく人に出会ったりしても、いつもこちらが勝ちを制するわ、つまりわたしを恐がるの……もっともあなただって、わたしを見たときちょっとびくっとなさったわね。いえ、そうよ……否定したってだめ。ですけど、わたしは見かけほど恐ろしい女ではないのよ」

「人はだれでも、常に見かけより恐ろしいものでね。人生というものは、至るところ危険の繰り返しなのさ」

もうデザートの番だった。彼女は小さな女の子のようにアイスクリームを頼んだ。こちらは、彼女の唇が細く開いて、薔薇色の舌がアイスクリームを舐める様子を眺めていたが、彼女のほうは真面目な顔つきで語りはじめた。

「わたしはすでに〈バルド〉くらいになっているけど、でも〈オバト〉も、きっと〈ドルイド〉（古代ケルトのドルイド教の祭官で、上からドルイド、オバト、バルドの三級があった）も凌《しの》いでみせるつもりよ。アダムに示された神の御名《みな》から発するあの光、そこから生れた秘密を、わたしはもうたくさん知っているわ」

「IOVという記号について教えてくれないかな」そう言って、私はIを他の二字から上に飛出すように書きながら、テーブルクロスにその字をなぞった。

「いいわ。IOVというのは、聖なる御名について言うの。ユダヤ人のヤハウェ、ローマ人の父なるジュピターね。Iは〈愛〉、Oは〈知識〉、Vは〈真理〉ということ。ケルトのアルファベットは、みんなここから来ているの、大家のアイニゲンが証明していることだけど……」

なにかの絆がわれわれ二人を結びつけていた。同じ急流に呑み込まれて溺《おぼ》れかけている二人の人間のようだった。私は、暗黙の合意が二人を密接に近づけているような気がし、魔術師《マギ》の役割はだめだが、男の役割は果たすことができるように思えた。

もっと気兼ねなく話が続けられるように、私のホテルに戻らないかとアマンダに提案してみた。彼女は極めて自然な態度で承知し、やがてわれわれは夜の闇の中へ出て行った。

彼女は私の腕をとり、私の歩調に合わせて歩いたので、その幅広い長いマントも、こちらが心配したよりずっと邪魔にならずにすんだ。

われわれはまるで恋人同士のように歩いて行った、少なくとも私はそう信じたかった。オペラ座の真上に高く月が昇っていた。それが暗い雲と、銀色の光と、緑の影の異様な背景を生み出していた。

「この前の満月のとき、ルーイユのお城の廃墟で一夜を過ごしたの」と、アマンダは話した。

「そこでパヴァーヌを踊ったわ……」

「……当時の服装でか」と、私は呟《つぶや》くように言った。

彼女は、咎《とが》めるように私の腕をぎゅっと締めつけた。

「悪魔のように燃えさかる炎に照らされて踊ったの。そして、現実のものごとの虚しさと美しさについて語らいながら、わたしたちの大好きな夜の闇を圧殺する日の出を待ったわ……」

われわれはホテルに入り、部屋に上がって行って、上等な肘掛椅子に深々と身を埋めながら、ふたたび話を始めた。その前に、会話に欠かせないシャンパンの小瓶を冷蔵庫から出して来て、二人の友情を祝し乾杯した。

「その夜、わたしと一緒だった友達は、宗教的なことに無縁なタイプの人たちじゃなかったから、その場の雰囲気に、そのままみんな浸りきることができたの。幻想を打ち砕かないように気をつけて。とてつもなく大きな暖炉が地獄の入口のように口を開けていて、そこに木の枝や腐った梁《はり》の角材を投げ込んで燃やしたわ。そこでわたし、目に異様な隈《くま》のある、唇に血の気がなく真っ青な顔をした金髪の若い男の人に出会ったんだけど、その人、興奮と恐怖とで、まるで忘我の状態に陥っているみたいだった。あの年頃には、あなたもあんなふうだったのではないかしら……とにかく素晴らしかったわ」

私は立ち上がって、アマンダの髪と、それに顔にも手をやりながら、そっと撫《な》でていた。私は彼女の手の先を握ってゆっくり立たせた。二人は向かい合った。彼女の丸く優しい、美しい顔は、生真面目な表情に変わっていた。その目は最初きらきら輝いていたが、急に曇った。緑色の目がまるで潤《うる》んだようになった。そればかりか、目とは思えないほど霞《かす》んできて、もはや二つの底知れない深淵を覗かせているばかりになった。私は黙ってなにも言わなかった。奇妙にも、時間の流れがいっとき止まってしまったようだった。私は彼女の腕と肩、そして腰と脚を優しく愛撫しはじめた。彼女は逆らわなかった。わずかに息遣いが荒くなり、全身、眠けが襲ったようにぐったりとなっていた。どうやら、彼女はもう引き返せないところまで来ているらしかった。

そこで私は彼女を両腕に抱いたが、胸に強く抱き締めようとしたとき、彼女がかすかに身を硬くするのがわかった。現実にたち返るにはわずかな抵抗で足りた。アマンダはそっと身を振りほどこうとし、私はそれに逆らわなかった。

すぐに彼女は、口をちょっと妙に尖《とが》らせながら言い訳をした。

「悪く思わないでほしいわ」と、彼女は言った。「わたしって絶えず、すべてを味わってみたいという気持と、すべてを断念したいという気持の板挟みなの」

彼女は腕時計を見て、もうだいぶ遅くなったことを身振りで告げた。私が彼女のグラスを差し出すと、落着いてゆっくり飲みほした。

そこで私は、彼女の肩にマントを掛けてやったが、その襟《えり》が不意にちょっと埃臭《ほこり》いような気がした。彼女は私の唇にちょんと、親しみをこめた、短く爽やかなキスをした。

階段を下りながら、彼女は尻込みして逃げ出すことを詫びるように、優しく私の手をとり両手にぎゅっと握り締めた。

「このほうがいいんだわ」と、彼女は言った。

私は彼女を恨めしくは思っていなかった。おそらくもっと別の方法を取るべきだったのだろう。

「おかしな〈バルド〉娘だね」と、私は彼女に言った。「また会える?」

たいして確信もなく、いくぶん儀礼的にそう訊いてみたのだった。

「あなた次第だわ……」

その口調は曖昧で、わずかに眼差《まなざ》しに未練が、声には淋しさが表われていた。ロビーに着いた。ドアマンが私をちらっと横目で見た。とたんに私は、満ち足りた男の得意そうな軽快な足どりを装った。片時もついて離れぬ哀れな虚栄心！

アマンダはそそくさとわたしに別れを告げた。ちょうどタクシーがひと組の夫婦を乗せて到着し、荷物を下ろしだした。

彼女はトランクを閉めている運転手に手で合図をし、私に向かって「ありがとう、楽しい夜だったわ」とだけ言うと、はばたくように大きくマントを翻《ひるがえ》して車の中に消えた。

翌日、私は奇妙な電話を受けた。それをここにありのままに飾りけなく報告しておこう。

「娘が昨夜、そちらのホテルであなたとお会いする約束をしていたそうで。それが、体の具合が悪くて家を出られなくなりまして、娘からあなたにお詫びしてほしいと言われていたのです。しきりにせがまれましたので、あなたを存じ上げてもおりませんし、目下、わたくしども痛嘆のさなかにありますが、あえてぜひあなたにご連絡申し上げたいと思いまして……」

品のいい、慇懃《いんぎん》な声が不意に詰まった。それから耳にした次の言葉に、私は全身が凍りついた。

「……娘は昨夜、亡くなりました……」

危機

罪深い浅い眠りほど、甘美な優しい友はない。

ハンス＝ハインツ・エヴァース

ミローネ・プロコップは部屋に入ると、服を脱ぐ暇もなく、鉄のベッドで高鼾《たかいびき》をかいている、黒いぼさぼさ髪の太った若者のところに行って陽気に揺り起こした。

「起きるんだ、カミロ・トンパ！」と、芝居の台詞《せりふ》よろしく彼は叫んだ。「起きろ！　時間だぞ……俺の寝る番だ！」

ミローネ・プロコップは三十ばかりになる、夢想的な、金髪の巨漢だったが、透き通るように薄いブルーの、いたって優しいナイーブな目をしていて、それが、ちょうど高い高い……と上に高く差し上げられてから急に地上に下ろされた幼児の、あの途方に暮れた様子を思わせるのだった。無力で、無防備で、無経験のまま、結局は家具の角にぶつかって怪我をしたり、一人で通りを横切る決心がつかなくて、歩道の縁で震えている羽目になる幼児の、あの途方に暮れた様子である。

彼にカミロ・トンパと呼ばれた男は、乱れたベッドの上に起き上がり伸びをした。

「何時だ？」

「九時だよ……」

まだ眠りから醒めきらない男の顔が、ぎょっとした表情を見せた。彼はどすんと音をたててベッドから飛び出ると、ねぼけ眼《まなこ》のまま歩いて行って、急いで顔を洗った。夜会用のワイシャツに手を通し、タキシードを着ると、黒の蝶ネクタイを結びながら、ひと言も口をきかずにあたふたと出て行った。

ばたんと閉まったドアが、じきにまた開いた。すでに丁寧に髪を整えた大きな頭がそこから覗いた。彼が言った。

「じゃあな……」

「じゃあ、マックス・エディ」と、ミローネ・プロコップが大声で言った。

今出て行ったカミロ・トンパは音楽家だった。才能のあるヴァイオリニストだったが、まだ名前が出るまでに至っていなかった。それで、生活のためと割りきって覚悟を決め、マックス・エディというコスモポリタン的名前を使って、ナイト・クラブ《リユニオーネ》でヴァイオリン片手のコメディアンとして働いているのだった。

彼はミュージック・ホール向きの容姿と、いい声と、ふてぶてしいほどの大胆さを備えていたし、ヤンキー訛《なま》りを真似ることもできたので、最初から、すごく幸先のいい成功を収めることができた。

彼は夜しか働かなかった。おかげで、昼間働いているミローネ・プロコップと、狭いがかなり快適な部屋を共同で使え、仲良く交替しながら、互いに相手のベッドを暖めているというわけだった。

ミローネ・プロコップは、別に金に困っているのではなかった。文芸出版社《黄金の波》《ズラトナ・ストルーヤ》の社長、アンゲル・V・パミオフがまずまずの給料をくれているので、生活していくにはそれで充分こと足りていた。他にも収入源があったのだが、しかし、彼はなによりボヘミアン的な生活を好んでもいた。そんなわけで、彼は音楽家が提供してくれた不便な同居生活を承知したのだった。

ミローネ・プロコップはこの生活がひどく気に入っていた。なんだろうと、一人ぼっちの暮らしよりはましに思えた。

文芸出版社《黄金の波》で、彼は書物の整理をしたり、カタログを作ったり、新聞社に書評を送ったり、三行広告を受け付けて新聞社に取り次いだりといった仕事をしていた。そんなわけで、仕事もそんなにつまらなくはなかった。

その日、大新聞に送付する前にタイプで清書しなければならないいろんな書類に交じって、一つの短い文章が彼の注意を引いたのだった。ブルーの用紙に、ぎくしゃくした大きな文字で書かれた数行の広告原稿だった。

その小さな広告を読んで、彼は、まるで思いがけない人から手短に優しくデートの誘いを受けたかのように、わけもなく涙の滲むほど感動した。それは別にどうというものではないが、しかし詩情に溢れたものだった。

マダム・マーラ・ゲオルギエヴァ

音楽教師
　ソフィア、リユベーヌ・カラヴェロフ通り二十四番地
　　独自の方式による楽曲の移調法を教授

そこには妙な、埃《ほこり》っぽい、困窮の、安香水の、木綿の黒のストッキングの匂いがかすかに漂っていた。家事をするには華奢《きやしや》すぎる指のおぼろな影が、この広告の中に窺《うかが》えた。ミローネ・プロコップは住所を控え、なにかの場合にと、大事な写真をしまうように財布の中にしまい込んだ。

彼は妙に感動していた。少なくとも、十六歳の時に、ヴァカンスを過ごしたジャブリノで、小学校の女の先生から荒々しくキスされたときと同じくらいに……

カミロ・トンパが昼の間寝ていた、まだ温もりの残るベッドの中にもぐり込む前に、ミローネ・プロコップは財布の中を探し、取り出した封筒の切れ端を前にして、長い間考え込んだ。

彼はぼんやりと夢でも見ているように呟《つぶや》いた。

「独自の方式による楽曲の移調法……」

甘美な約束の言葉をもう一度聞かされたみたいに、それは心地よかった。

リユベーヌ・カラヴェロフ通りは、町の向こうはずれにあるわけではなかった。だから、そこに一人で出かけて行ったところで、ミローネ・プロコップにとって格別無謀な壮図というわ

けでもなかった。そんなわけで、次の日、アンゲル・V・パミオフの会社のウィンドーに木の鎧戸《よろいど》を閉めたあと、彼は特別念入りに身なりを整えた。一日じゅうつけていて汚れたカラーまでも、わざわざポケットの中に丸めて持って来た新しいカラーと取り替えた。

髪を整え、手袋をはめ、自分のいでたちに満足して、彼は甘美な感動に浸りながら、〈アヴァンチュール〉になるにちがいないと決め込んだ目的に向かって出かけて行った……

二十四番地のビルには小さな琺瑯《ほうろう》のプレートが取り付けてあったが、そのプレートの左下の部分が曇っていた。しかし、そこに書かれた文字は読めた。

マーラ・ゲオルギエヴァ

音楽家

どきどきしながら、ミローネ・プロコップは呼び鈴のボタンを押した。

建物の外観はけっして美しくはなかった。時代を経て黒くなった壁石は、陰鬱でわびしげな、古色蒼然たる趣を呈していた。二階には、円形の浮き彫り装飾がごてごてついた、入り組んだ屋根のあるバルコニーが張り出していた。

ドアが静かに開いたとき、訪ねて来た男はまだ上を向いたまま、正面の様子に眺め入っていた。

陰気で生真面目そうなわりには美人だが、年齢がどれほどか見当のつかない女が顔を出して、歌うような声でなんの用かと訊ねた。

ミローネ・プロコップは、とたんにもうだめだと思った。それまであまり意識もしていなかった勇気が、急にどこかへ消え失せてしまった。彼は口ごもりながら話しだしたが、念入りに準備し、一日じゅう繰り返し練習してきた気のきいた文句をすっかり忘れてしまった。〈奥さま、まことに光栄でありますが……〉――〈わたしを生徒の一人に加えていただけないでしょうか?……〉〈芸術は偉大な原動力であります、つまり……〉といった言葉が出て来なかった。やっとのことで、ソルフェージュを習いたいこと、それで授業料がいくらなのか訊きに来たことを、なんとか説明した。

ゲオルギエヴァ夫人は厭な顔も見せず、笑顔で聞いていた。しかし、中へどうぞとは言わなかった。ぽつりぽつりと交《か》わす言葉の合間にひどく気詰まりな沈黙が生じていた。そして、ミローネ・プロコップは、独自の方式による楽曲の移調法を教えるというこのとても上品で、繊細で、夢想的な女性の私生活の場に親しく招じ入れてくれないことに、心中密かに苛立《いらだ》ちを覚えていた。

「あなたも音楽家でいらっしゃるの?」と、愛想よく彼女は訊いた。

「いいえ、違います!……それを目指しているわけでもないんです。音楽の素養が不充分なものですから、その足りないところを補いたいと思いまして」

彼は目を上げて彼女を見る勇気がなかったが、この女は確かにもう若くないし、着ている地味な黒服もどこか高圧的で修道女じみたところがあるが、それでいて妙に魅力があるのはどうしてなんだろうと考えていた。

二人はまだ会話を続けたが、ありきたりの内容で、しかもぎごちなかった。マーラ・ゲオルギエヴァは、階段に充満している厭な脂の臭いのことを殊更《ことさら》に弁解して、いかにも申し訳なさそうな顔をした。そうこうして、やっと最初のレッスンの日取りが取り決められた。翌々日の六時ということになった。ミローネ・プロコップは不器用に別れの挨拶をし、もやもやした苛立った気持で家に帰った。

カミロ・トンパは皮肉たっぷりの顔で彼を迎えた。

「恋の罠にかかった大きな子供って顔だな」彼は恋という言葉をやたらに強調してみせた。

「さあさあ、仏頂面しないで！　来てぼくの作ったとびきりうまい脂身入りスープを食べろよ」

「ほっといてくれ」

「そう怒るなよ……いつもこうなんだから。出会ったとたん、その日から、顔に出ちまう」

二人は黙々と食事をした。陰にこもった恨みがミローネ・プロコップの心に広がった。実際、カミロはなんにもわかっていなかった。いや、そうじゃなくて、鋭敏すぎるのだ。それにしても、あんなふうになんでもかでも茶化す悪い癖はいったいどうしてなんだろう？　世の中には、自ずと敬意を払わなくてはならないものというのがあるのだ。例えば？　苦悩と愛だ。だがそんなことは、カミロという人間には無関係だった。いずれにしろ、カミロがあのうるさい毒舌を続けるようなら、カミロとは別れて暮らすまでだ。天祐によって彼の生活の中に入り込んできたあの女性への熱烈な想いに励まされて、彼は一人で暮らそうと思った。彼女を知ったとたんに、ミローネはほとんど熱に浮かされたように、彼女によって運命に一条の光が投じられるのを期待していた。

カミロ・トンパは、耳まで帽子を深くかぶって、舞台をつとめに出かけた。いつものように陽気に、彼は叫んだ。「じゃあな……」

ミローネ・プロコップは不機嫌そうに肩をすくめた。それから、ランプの明かりを暗くして、服のままベッドに横になって、目を半眼に閉じ、スコットランド製の旅行用毛布にくるまるまるように、マーラ・ゲオルギエヴァの心地よい思い出にくるまった。


不安な気持で待った日がやって来た。マーラ・ゲオルギエヴァは愛想よく客を迎えた。最初のときよりずっと親密な態度だった。家の中は、思い描いていたとおり立派なものだった。役所タイプの外套掛けがある小さな入口を入った先に、気のきいた家具を並べた広い部屋があった。入って右側に大型の長椅子があり、重い大きな房飾りのある古色を帯びた金色の網地のカヴァーを掛けた、色褪《いろあ》せたクッションがいっぱいに並べられてあった。サイドに、悪趣味な中国のシェードのついたフロアスタンドが置いてあり、そのせいで、この一角だけなんとなく怪しげな雰囲気が醸《かも》し出されていた。スイッチをひねると、他のものが闇の中から浮かび上がった。どっしりと豊かな感じのグランドピアノが一台。その傍《かたわ》らに非難がましく立っている、気品と同時に放置されたわびしさが漂う、肉のそげ落ちたようなハープが一台。十八世紀の美しい整理箪笥《だんす》、寄木細工の銀器戸棚、最後に、あらゆる種類の置物。――彼はこれから訪ねるたびに、これらの置物をもっと仔細に見てやろうと心に決めた。

ミローネ・プロコップは自分の内気と感激をなんとか制御することができた。彼はマーラ・ゲオルギエヴァに、室内の感じが非常に素晴らしいこと、彼女に似つかわしい、この親しみやすい芸術的な雰囲気がとても気に入ったことを告げた。

「そうなんですの」と、彼女は微笑《ほほえ》みながら真面目な顔で答えた。「わたしはこの部屋にいて、これ以上ないほど幸せを感じていますわ。すべてが気に入っていますの。わたしは思い出の中で暮らしているんです。お友達に、話し相手になってくれているここのすべてのものを愛していますわ。どうお思いになるかわかりませんが、その中国のランプまで好きなんですのよ、あまり品のいいものじゃないですけど……」

二人の話はやや感傷的な調子を帯びてきた。ミローネ・プロコップは、直観的に、相手が自分の生活の打ち明け話をしようとしていると感じた。これは意外だった。欲しいものをあまりに早く手に入れたような気がした。

だが、これはまったくの思い違いだった。言葉が出てこなくて彼が黙ったままでいると、彼女がいきなり訊いた。

「ところで、ソルフェージュのレッスンのほうですけど……?」

そう言って、彼女は頭を反らし、ちょっとひきつったような笑い方をした。

「ずいぶん性急なんですね」と、彼は言った。「まだあなたのことをよく存じ上げていませんのに」

「わたしのことなんか知る必要はありませんわ」と、彼女はちょっと淋しそうな真面目な顔で呟いた。

このとき入口の呼び鈴が鳴った。マーラ・ゲオルギエヴァはちょっと失礼しますと言ってドアを開けに行った。プロコップは数分間、一人で残された。それから廊下に囁《ささや》き声がした。やがて、マーラがうら若い娘を前に押し立てるようにして戻って来た。まだ子供だった。たぶん十五くらいだろう。

新来の客は溌剌《はつらつ》として、痩身のブロンド娘だった。控え目で、にこにこした娘だった。だが少しも気後れした様子はなかった。

「こちらはわたしのお友達のヴェラです……プロコップさんよ」

二人は挨拶した。

ヴェラは固く三つ編みに編んだ髪をしていて、鼻翼に点々と赤いしみがあった。小っちゃな、コミカルなしみだが、これで小さな細面の顔が台無しというわけではなかった。この顔には、なんとも言い表わしようのないなにかがあった。血統のいい貴族的な雰囲気といったものだが、これと同じものが、片腕で少女をいとおしそうに抱くようにしたマーラ・ゲオルギエヴァのうちにもあるように、プロコップは思った。

「ヴェラはわたしの仲のいい話し相手なんですの」と、彼女は言った。「まるで姉妹みたいに」

彼女の目が少女の目を探し求め、見つめられた少女は、射すくめられて、じっと食い入るようにその目を見つめた。

マーラ・ゲオルギエヴァはそれから、プロコップのほうを向いた。プロコップは、ほんの短い間とはいえ、燃えるように見つめ合った二人の様子に、変に胸騒ぎを覚えていた。

「実は」と、気軽な口調で彼女は言った。「この子のご両親が下宿人を探しているんですって。大きくてきれいな貸し部屋をお持ちでしてね。とってもいい方たちなんですのよ。あなたのお友達で、どなたか借りられそうな方をご存じありませんかしら?」

ミローネ・プロコップは、幼いヴェラの目が不安そうに彼を見つめているような気がした。まるで彼に下宿人になってほしいと言いたげだった。ぐずぐずせずに決心するのだ、おそらくできるだけ早急に、だれかでなく自分が下宿人になってやる必要があるのだ。彼女は他の人間が来るのをなによりも恐れているらしいからだった。その目は、それとなく訴えているなどというものではなかった。懇願だった。紛れもなく哀願だった。

「だれかいると思います」と、プロコップはそれに負けて言った。

「若い人ですか、それともお年寄り?」と、ヴェラは訊いた。

「もう、そんなことが気になるんですか?」

彼女は顔を赤らめはしなかった。そして、その顔は、厭なことを思い出したみたいにひきつった。

「わたし、お年寄りが恐いんです」と、彼女は言った。

マーラ・ゲオルギエヴァは少女を引き寄せ、ちょっと優しすぎるぐらいの情をこめて、両腕に抱き締めた。

「かわいそうに……心配することはないわ……」

「部屋はすぐにでも入れるんですか？」

「はい」

「場合によっては、今晩からでも？」

「大丈夫だわ」彼女の目は嬉しそうにきらきら輝いていた。彼女はわかったのだ。

「決まった」と、プロコップは言った。「あなたと一緒に行きましょう……ぼくがお宅の下宿人になりますよ」


ミローネ・プロコップはなんの虫につつかれて急にこんな気になったのか、自分でもよくわからなかった。いったいどんな悪魔に唆《そそのか》されて、これまで親しんできた習慣をふいにしてしまったんだろう？　どうしていきなり仲のいいカミロを見捨ててしまったんだろう？　少女ヴェラの窮状についほだされてのことだろうか？　それともマーラ・ゲオルギエヴァの無言の懇願に負けたからだろうか？　彼にはどうもわからなかった。ただ、一つのことだけは確かだった。新しい部屋の花柄の壁紙が気に入らなかったことだ。それ以外のことについては、まったくどうでもよかった。

軽率で理屈のつかない自分の振舞いも、彼にはただ、受け身な気持にかすかに不安の入り混じった、ちょっぴり苦い後味を残しただけだった。

ヴェラの両親はかなり年のいった、素朴で善良な人たちだった。このひどく質素な住居の中では、少女はまるでマッチ箱にしまった宝石みたいに場違いに見えた。愛らしいこの女の子は、将来母親同様つましい平凡な家庭の主婦になるべく生れ、みすぼらしい、住みにくい家の中で大きくなりながら暮らしていく定めだったが、何百年もの遠い先祖の夫婦の中に、だれか繊細さと気品と純粋さを十二分に備えた名門の人間がいるらしかった。唇の曲線や、顎の線とか鼻の線に、その名残がまだはっきりと認められた。

ヴェラには、或る種の偉大さと生れながらの宿命の印が備わっていた。

彼女は大人もちょっとたじろぐほど大人びた心を持っており、それが、真珠色に輝く白目に囲まれた青い目に、小さな異様な光を揺らめかせていた。

ミローネ・プロコップは、家族のテーブルで彼女と一緒に食事をするので、彼女には毎日会っていた。一日の仕事を終えて帰ると、彼女が本を読んだり、刺繍をしたり、夢想に耽《ふけ》っていたりする姿が見られた。ただ彼女の声を聞いてみたいというだけのために、彼はちょいちょい彼女に話しかけた。四十雀《しじゅうから》のような声だった。ともかく鳥のような、高く細い声で、羽毛が震えるような感じだった。

彼女のどこに惹かれるのかはっきりわからないまま、知らず知らず、プロコップはヴェラに愛情を感じるようになった。夕方、まるで彼を待っていたかのように窓辺に彼女がいるのを見かけると、彼は言った。

「こんばんは、妖精ちゃん……」

すると、彼女は笑いながら答えた。

「こんばんは、プロコップさん」

こうして、毎晩彼女に会うのが素朴な喜びになり、知らないうちに、少女の顔が昼間も頻繁につきまとい、彼の頭の中に絶えず浮かんでくるようになった。

彼は、自分で気がつかないまま、徐々に彼女を愛しはじめた。なんとも説明しがたい愛情で。父親の、子供の、友達の愛情で。ときどき、彼女と人形ごっこをしたり、膝の上に抱いて話を聞かせたり、なにも言わずにいきなり両腕に抱き締めたりしてみたい気がすることがあった。ところが、彼女を前にすると、愛情を示すような振舞いなどまるきりできなくなってしまうのだった。ただ彼女の顔を眺め、彼女に好かれようということだけで満足していた。こうした心に秘めた目的から、彼は彼女に微笑ましい小さな贈り物をした。鳥だとか、兎だとか、金魚だとか、脚の太いころころした子犬だとか、花だとか、コンパスだとか、レースつきの白いエプロンだとか、砂糖菓子だとか。

彼はいつも彼女を「妖精ちゃん」と呼び、彼女は「ありがとう、プロコップさん」とか、「こんにちは、プロコップさん」とか、「ご親切にありがとうございます、プロコップさん」とか答えた。これを聞いて彼はにっこりするのだったが、或る日、これからはプロコップさんと呼ばないで、例えば「プロコップ小父《おじ》さん」というような、もっと仲のいい二人の間にふさわしい、親しみのある呼び方を見つけてほしいと頼んだ。

彼女はわかったというしるしににっこりした。

この日の翌日、彼は彼女に時計を持って帰った。黒いリボンのついた可愛い腕時計を。彼女が欲しがっていたような本物の小さな腕時計。彼女は有頂天になって彼に飛びついて来ると、小さな痩せた腕を彼の首に巻きつけて、彼の顔を間近に見つめ、それから不意に彼の唇にキスした。そして、そのまま彼の首にぶらさがって、屈託なく、笑いもしないで囁いた。

「ありがとう、あなた」

ミローネ・プロコップはどうしていいかわからなかった。甘い胸騒ぎを覚えながら、彼は彼女の胴を抱いてそっと下におろした。しかし、その自分の態度にいかがわしいところがあることに急に気がついて、すぐに自制心を取り戻した。彼はヴェラの前から無理に離れた。この瞬間、彼は今にも彼女を自分のほうに引き寄せ、キスの雨を降らせかねなかったのだ。

彼は無言のままそこを出た。このとき、父親が入って来た。プロコップは、なんの疑いも抱いていないこの人が二人の現場を目にしたかもしれないと考えると、恐ろしく恥ずかしく、やましい気持にさえなった。顔が赤くなり、目にまで血が上った。二人の男は、それでもいつものように挨拶を交わし、天気のことや物価について二言三言、言葉を交わした。ヴェラは何事もなかったようにいきなり父親のところにやって来ると、溢れるような情愛を見せてキスをした。ミローネはこの瞬間、この異常なほどの無邪気さに驚いたらいいのか、それともその早熟なしたたかさに驚いたらいいのか、どっちだろうと思った。

ミローネは音楽のレッスンをやめてはいなかった。彼は週に二度、マーラ・ゲオルギエヴァに会っていたが、この繊細で悩ましげな女性は彼に母性的な関心を抱いていて、二人の間は、大人の知的な友情で結ばれていた。リユベーヌ・カラヴェロフ通りの家はとても居心地がよく、マーラと一緒に過ごす果てしなく長い夜は、少女ヴェラへの想いに虜《とりこ》になった病的な金縛りの状況から、彼をいくぶんなりと解放するのだった。

彼は、心の中に芽生え、それと弱々しく闘っているだけの不純な感情について、まだ女友達に打ち明けていなかった。少女にも、それをほのめかすようなことはこれまで一つもしていなかった。ところが、或る晩、かなり思いがけない出来事のあとで、このことが話題になった。

管理人の女房が入口のドアを開けてくれ、そのまま彼はマーラのアパートまで上がって行った。ベルに指をかけて、彼はふと思いなおした。室内から人の声が聞こえたのだ。最初は、親密な口調で非難している、低い重たげなマーラの声だった。

「悪い子ねえ、どうしてこんなことをしたの？　あなたにはいつも優しくしてきたじゃないの。お姉さんみたいに。わからないわ」

するとと甲高く、辛辣なヴェラの声がした。

「わかろうなんてしてくれる必要はないわ、やりたかっただけよ」

「やりたいことなら、なんでもやっていいというものじゃないわ」

「そういう考えもあるわね。でも、わたしは違うの。厭なら、もう来ない」

「もう来るななんて言ってないでしょう」マーラの声は困りきっていた。「ただ、わたしと同じような愛し方をしてほしいと言っているのよ」

「わたしの愛し方は違うの」

すると、マーラはヒステリックに笑った。

「悪魔の子ね！……わたしはあなたなしではいられないわ。怒ってごめんなさいね。でも、とても痛かったものだから」

「愛されるためには苦しまなくちゃだめ」

ベルに指をかけていたプロコップはもう少し待つつもりが、つい無意識に押してしまった。

沈黙が生じた。マーラがやって来てドアを開けた。彼女は血のついた小さなハンカチで首を押さえていた。

「あら、あなたでしたの、ミローネ」と、ちょっと当惑したように彼女は言った。「だいぶ前からそこにいらしたの？」彼女は不安そうだった。

「今来たところです」

「どうぞ、お入りになって。今、人が来ているんですの」

「いえ……失礼しますよ。お邪魔でしょうから……」

彼は、いかにもなにも知らないふりをするためにこう言ったのだが、マーラはそれに騙《だま》された。彼女はほっとして、笑みを浮かべた。

「あなたの知っている人なの。びっくりするわよ……」

「こんにちは、プロコップ小父さん！」と、ヴェラが出て来て朗《ほが》らかに言った。「レッスンにいらっしゃったの？」

「こんばんは、妖精ちゃん！……まだ帰らないの？」

マーラは鏡を覗いていた。丸めた血の滲んだハンカチで、首の小さな傷の血を止めていた。

「どうしたんですか、マーラ？　怪我をしたんですか？」と、プロコップは訊いた。

気詰まりな沈黙が生じた。マーラは返事に窮していた。彼女は、当惑しているプロコップの目と、彼の顔を食い入るように見つめているヴェラの目を避けていた。

「指輪でひっかいてしまって……」

「嘘ばっかり！」と、ヴェラは意地悪く叫んだ。「嘘よ！　わたしが言うわ、どうしたのか。わかったってかまわないわ……」

「ヴェラ！」と、懇願するように彼女は言った。「お黙りなさいったら！」

「いやだわ！　いい、プロコップ小父さん？　この意地悪な人ったら、わたしにキスをしようとしたの……いいえ、そうよ。この人、いつだってわたしにキスをしたがるんだから。だから、わたしをここに呼び寄せるのよ。この人がわたしにキスをしようとしたから、それでわたし、嚙《か》みついたの……首に……。血が出てるのはだからよ」

「どういうつもりなんだい！　こんな優しいお友達を苦しめるなんて！」と、ミローネ・プロコップはひどく困惑しながら、文句を言った。

ヴェラは横柄な態度で彼をじろじろ見た。その目に邪悪な光がちらっとかすめた。彼女は肩をすくめた。

「この人、わたしにキスをしようとしたんだわ……卑劣なやり方で」

マーラは反論しなかった。クッションを並べた大きなソファにくずおれ、彼女は両手に顔を埋めて泣きだした。

プロコップはそれ以上言わなかった。かすかな興奮が頬に上った。もっと詳しいことを知りたかったが、しかしそのためには、ヴェラの底知れない目に対峙《たいじ》して、恐れている言葉を口に出し、考えただけでぞっとする感情や、感動や、身振りを分析しなければならなかっただろう。

「家に帰らなくちゃ、妖精ちゃん」と、彼はなだめるように優しく言った。「ご両親が心配するよ……さあ！　マーラに機嫌よくさようならを言って。つらい思いをさせたんだから」

マーラは首を振って、もうその必要はないからという合図をした。

「いや、いや……」と、彼は言い張った。「仲良くお別れしなくちゃ」

ヴェラがそばに近寄った。彼女がマーラ・ゲオルギエヴァに手を差し出すと、こちらは彼女のほうへ、涙に濡れた美しい顔と、無残に傷つけられた首をもたげた。

「さようなら、マーラ」と、こんなトラブルのあとではとても予想できないような自信を見せながら、少女は言った。「じゃまた……」

だが、彼女の口元は敵意を含み、目つきはあまりにも陰険だった。まるで恐ろしい約束か、脅迫でもしているようだった。

彼女が出て行って、入口のドアがばたんと閉まる音を聞き、遠ざかって行く彼女の姿を窓から確かめると、ミローネ・プロコップは悲痛な様子のマーラの傍らに行って、腰をおろした。彼は彼女を兄弟のように優しく腕に抱え、驚くくらい冷静な態度で訊いた。こんな冷静な態度は彼女には思いがけなかったが、それも、彼が状況からやむなく調停役を買って出たがためだった。

「さっきのあの厭な話はなんなのです？」

彼女は赤くなった目を拭い、彼の両手をとって、真正面からじっと見た。

「ミローネ、あなた、わたしを信じてくれるかしら？」

「ええ」と、彼は躊躇《ちゅうちょ》なく言った。

「そうだわね、じゃ、聞いてちょうだい。さっき、あの不幸な子が言ったことは、ひと言も信じないでほしいわ」

「なに一つ信じませんよ。でも、彼女の激しい言葉にはびっくりしますね。どういうことか説明してくれませんか？」

「説明することなんかなにもないわ。それに、これは説明不可能なことなの。わたしは、あの子を責めるつもりはありません。あの子をとっても可愛がっているんですもの」彼女はちょっと躊躇した。「それに、あなただって……」

「ぼくだって？」

「ええ、そうよ、ミローネ、あなただってよ。弁解無用だわ。だいぶ前からわたしにはわかっていたの。べつに不思議はないわ。あの子は魅惑的ですもの。わたしもあなたと同じように、あの子の魅力の虜になったんだけれど、恥ずかしいとはちっとも思わないわ」

「あなたとぼくとでは、同じじゃないと思うな」

「いえ、まったく同じだわ」

彼女は、彼を真っ直ぐ見つめていた。貧弱な言葉で事の核心に触れようとしたところでなんになるだろう？　人間の心の深淵は測りがたいものなのだ。彼は目を伏せた。

「気をつけてね、ミローネ。けっして警戒を怠っちゃだめ。あなたは恐ろしいゲームをしているのよ。わたしが、わたしたちが愛しているあの子は、悪魔なの」

「マーラ……」

「あなたはまだ若いわ。人生が始まったばかりで、しかも未来が微笑みかけているわ。でも、悲しいことに、わたしはそうじゃありません。どうか、わたしの苦しい体験を信じてほしいの。あの子からお逃げなさい。まだ間に合うわ。あの子はあなたに不幸しかもたらさないのだから」

「なぜそんなふうに大げさに考えるんですか？」と、重苦しい沈黙のあとにプロコップは呟くように言った。「ヴェラはまだほんの子供にすぎないじゃないですか……」

「魂のない子供よ」

「文学的だな……」

彼は考えた。（嫉妬なんだ……嫉妬なんだ……ぼくをヴェラから遠ざけようとしているんだ。どんな秘めた目的があるんだろう？　ぼくを彼女から護《まも》るためだろうか、それとも彼女をぼくから護るためだろうか？　いったい、マーラはだれを保護しようというつもりなんだろう？　どんな状況でかよくわからないが、彼女に嚙みついた少女をか、それともライヴァルになるかもしれない友人をか？　女っていうのはまったくわからない！）

マーラ・ゲオルギエヴァは立ち上がっていた。彼女は部屋の真ん中まで行くと、不意にふり向いた。顔が異常に輝いていた。その目は、幻覚者のように錯乱した悲劇的な顔の中でぎらぎら光っていた。

「死よ！」と、彼女は胸の上に両手を組み合わせながら、言った。「あの子は死をもたらすの……」

ミローネ・プロコップは、彼の生活を占領していた二人の女の、相反する二重の支配から解放されたように思った。彼はマーラのところを訪ねることをやめ、若い女友達のところに顔を出すこともしなくなっていた。その謎と疑わしさに恐れをなして、どちらからも逃げていた。気のおけない仲間のカミロ・トンパのところに戻って避難したのだが、こちらはとくべつにこにこもしないが、説明を訊こうということもなく、そのまま彼を迎えてくれた。

しかし、わけのわからない危機を避けていようという固い決心も、彼の悩みを鎮めてはくれなかった。マーラの預言者のような、苦痛に満ちた姿は彼の記憶の中で薄れはじめたが、可愛い妖精への想いは、相変わらず彼につきまとって離れなかった。

彼は空想に耽っては楽しんでいたが、その全部が全部、優しく、友愛に満ちたものばかりではなかった。かなり邪悪な夢想が心に湧き起こり、彼はそれと気弱に闘っていた。耐え難い、疼《うず》くような誘惑。彼は今や、小さな女友達と二人きりで顔を突き合わせている危険な状況が懐かしくなっていた。あのなんとも言いようのない、子供っぽく、悩ましい親密さを。破廉恥《はれんち》とわかっていることを求める一方で、それを避けようともする気持で、彼の心はもはや休まることがなかった。彼は悩みはじめた。心を苛《さいな》まれはじめた。その苦痛を鎮める薬はなかった。理性で抑えることは不可能だった。気を紛らすことも不可能だった。とうとう、夜つらい一日のあとで、ヴェラとともに暮らした家の傍らに頻繁に出かけて行っては、周りを徘徊するようになった。彼は閉ざされた窓の下を行ったり来たりした。家の壁に寄りかかり、ざらざらした荒塗りの漆喰にほてった頰をつけたりして。自分ながら信じられないほど滑稽に感じるこのほんの短い時間が、彼にとってわずかばかりの慰めとなった。だがその慰めも、そうしているところを見つかるのが心配になって、いつもぶち壊されるのだった。

彼はまた、彼女が、透明な砂糖の捻り棒のように食べてしまいたくなるようなブロンドの小さな三つ編みスタイルで学校に出かけて行くとき、近くまで行っては離れたところから彼女を盗み見るのだった。そうしながら、彼は遠くから彼女の見張り番をしてやっているようなつもりでいた。未知の危険から彼女を保護してやっていると。通りで争いながら追いかけっこをしている大きな少年たちがやりそうな意地悪な悪戯《いたずら》から。しかし、結局彼は自分で自分に認めなくてはならなかった。実は、胸を裂くような嫉妬に駆り立てられ、そのためにわざわざ学校の近くに身を潜ませ、馴染みになった通行人の注意を引かないように目をそらしながら、授業の終わる時間まで、長い間我慢強く雨の中でも待っているのだと。

だが或る日、風が意地悪く不吉な報《しら》せを運んでくるような陰鬱な日、ヴェラは姿を見せなかった。彼女の欠席は一週間続いた。プロコップはやがて我慢できなくなった。彼の庇護する娘は病気なのだ、しかもおそらく危険な状態に相違ないと判断した。そして、不幸な事態がまざまざと心配されて、かえって思いがけなく勇気が湧いた。

どんな話を聞かされてもいいからと、彼は様子を訊きに行く決心をした。

彼は両親からとても愛想よく迎えられ、不意に下宿を出て行ったことについて文句も言われなかった。目下、彼の取った行動についての説明なんかより、別の心配を抱えているのだった。

「あの子が具合が悪いことはご存じですか？」と、父親は訊いた。

「ええ、知ってます。どうしたんです？　重いんですか？」

彼がどうして知っているのか、相手は訊かなかった。父親は口を尖《とが》らせて、よくわからない、はっきりしないという意味の顔をしてみせた。母親は泣きだした。

「ああ、プロコップさん……あんなに明るく朗らかな子が。あの子のことはよくご存じでしょうけど……」

この言葉は、一瞬、彼には不愉快な当てこすりに聞こえた。しかし彼は、疑り深い想像の産物にすぎないと、その不快感を払い落とした。かわいそうで胸がいっぱいになった彼は、ヴェラに会わせてほしいと頼んだ。お馴染みの家具や安物の置物にまた巡り合ったが、ちょっと胸を締めつけられる思いがした。これらのものに囲まれて、甘美で心温まる多くの時間を過ごしたのだ。

ヴェラは、真っ白なベッドの中でまるで陶器のように見えた。透き通り、痩せ細って。彼女はとくべつ驚いたふうもなく、そっと微笑んだ。従順な少女が家の知り合いの老人に微笑むように。

「こんにちは、妖精ちゃん!」と、喉を詰まらせながら彼は言った。

「こんにちは、プロコップさん」

彼は手ぶらで来ていた。それほど、あわてて彼女の病床に駆けつけたのだった。彼は言った。

「すぐ戻って来るからね」

彼は急いで出て行った。だがじきに、ありったけの所持金をはたいて買った、素晴らしい玩具の品々を山ほど抱えて戻って来た。

そして、彼は楽しげに、白いベッドの上に、そのすべての宝物、多色の小瓶や、真珠色の箱や、リボン飾りのついた砂糖菓子や、貝殻をあしらったインク・スタンドや、あらゆる安物の雑貨類をずらっと並べてみせたが、そうした雑貨類はそれ自体に詩と夢があって、いたって控え目な者にも、手の届かないものや奇跡的なものを手に入れさせてくれるために、本物の高価な品より美しいのだ。

彼は幸運をもたらす守り神のように、退屈している病床の子供を元気づけるために家庭に出向いて来る、子供の頃のあの憧れの道化のように喜ばれた。

可愛い妖精の娘は、白いベッドの中で宝石箱の宝石のような輝きを見せ、人のいい両親はすっかり嬉しくなって、急に元気になった。

プロコップは毎日、再会したヴェラの枕元にやって来たが、その毎日が楽しい日々だった。

可愛い病人はやがて回復を見せはじめた。彼女は、少しばかり部屋の中で起きて立ってみたが、長い夜着が痩せ細った脚の周りにふわふわ揺れて、ひどくおかしな恰好だった。しばらくして、やっと彼女は〈守り神〉の腕にすがって外に出たが、こうしてそろそろとながら散歩に彼女を連れて行くことができることで、彼は大喜びだった。

彼はふたたびこの家の下宿人になった。そして、兄弟みたいにつきっきりに彼女に付き添っていた……。彼はヴェラが体力を取り戻し、肉づきも豊かになり、徐々に女らしくなっていくのを見て、素朴な誇りを感じていた。

二人の間で、マーラのことが話題に上ったことは一度もなかったが、ミローネ・プロコップは、彼の庇護する少女が病気になったおかげで、本当にマーラは解放されたと九分どおり考えていた。この光り輝く子供と、前にマーラがどうやら虜にされていた破廉恥な呪縛との懸け橋は、今は疑いもなく断ち切れていた。

二人の足の赴く先は、習慣が馴染んで、いつも同じ人けのない静かな小公園だったが、そこには行くたびに同じざらざらしたベンチが待っていた。ミローネ・プロコップは献身的な看護婦さながらに、いつも彼女に本を読んでやった。本は、この真面目で純粋な友情のハーモニーを壊さないように気を遣いながら、不用意な内容を極力避け、細心の注意を払って選んでいた。下手なほのめかしでもすることになれば、友情を危うくし、取り返しのつかないことになるかもしれないからだった。

或る日、若い娘に当たり障りのない小説を読んでいる中に、罪のないありふれた表現が出てきたが、彼はそれを言い換えなくてはと思った。しかし、ヴェラは聞いていて、不意に彼を遮《さえぎ》った。

「どうして書いてあるとおり読まないの？」

彼はどぎまぎして、本を閉じ、不満そうに彼女を見つめた。

「ほんとにおかしいのね。わたしはもう子供じゃないわ」

そう言って、彼女はおどけたように可愛い胸を反らしてみせた。

プロコップは顔が青ざめ、黙っていた。彼は黒いベンチの上に本を置いた。そして、悲しげな様子で首を振った。

「プロコップ小父さん」と、彼女はにこにこして言った。「あなたは変よ。前にあなたにキスをしたんで、わたしのことを悪く思っているんだわ。ちゃんとわかったもの。だけど、あなたは自分ではしょっちゅうそうしたがっていたわ。わたしがマーラのことを噛んだ晩から、わたしのところへ来なくなったわね。どうしてなの？　わたしはいつだってあなたに感じよくしていたのに」

「そのとおりだよ、ヴェラ、そのとおりだ……」

世にもみごとな花のように、細い首の先にその緊張していらいらした小さな顔を突き出すようにしながら、彼女は奇妙な目つきで彼を見ていた。

プロコップはなにも言わずに、うつむいた。それから左手で、その筋ばった細い項《うなじ》を機械的に愛撫しはじめた。目は前方をぼんやり見つめていた。雀が三羽、芝生に生えた一本の雛菊の周りで遊んでいた。彼がヴェラの顔を引き寄せると、彼女は応ずるように目をつむった。彼女の小さな薄い唇と、細く尖った鼻と、薔薇色のとても華奢な首が彼の目に入った……

するとと不意に、恐ろしい獣じみた想念が浮かび、それが真っ赤な靄《もや》のように脳中に広がった。彼は彼女の唇がわずかに開き、めくれて歯を覗かせたのに気づいた。その食らいつくような残忍そうな歯は、彼にとって、突然の悪夢のような発見だった。

彼は乱暴にヴェラを押し退《の》け、立ち上がると、ひきつった作り笑いを浮かべ、あらためて彼女を凝視した。

彼女は生真面目な顔をして、熱心に彼を見つめていた。

「いつでもお望みのときに、あなたのものになるわ」と、彼女は優しく言った。

彼は肩をすくめ、ふり返りもせずに大股で離れて行った。

ヴェラはあきれ顔をしながら、開かれたページを上にして落ちている本を拾い上げた。彼女は埃を吹き払い、それから声をたてずに笑いだした。

「お望みのときに」と、彼女は呟いた。「というより、わたしの望むときにね」

彼女と顔見知りの公園の守衛が、制帽をあみだにかぶって通り過ぎた。彼はなんということなしに彼女を見つめ、にっこりしてみせた。

家じゅうが寝静まった真夜中頃になって、プロコップは最後の迷いを振り払った。馬鹿と言われるより無謀と言われるほうがましだった。月明かりに照らされた階段を、彼はゆっくりヴェラの部屋の階まで下りて行った。かなり明るいおかげで、廊下の中央に敷かれた、擦り切れた細いカーペットを見分けることができた。彼は用心深く進んで行った。それから、両親の部屋の前で何分間かじっと立ち止まった。中から聞こえてくる穏やかで規則正しい鼾が、年取った老夫婦の少なくとも片方の安らかな眠りを証拠立てていた。

異常なほど神経を緊張させながら、彼は一寸刻みにゆっくり数メートルほど進み、娘の部屋のところまで来ると、ドアにぴったり耳をつけた。心臓がどきどきと高鳴り、その低く乱れた鼓動の音が家の他の人間にまで聞こえたと言われても、彼は意外に思わなかっただろう。

軽くドアをノックして、彼女をそっと呼び、名前を名乗らずに中に入ろうか？

「ヴェラ」と、彼はそっと囁いた。「ヴェラ……ぼくだよ……」

返事はなかった。隣室の鼾は先ほどとは違う音調を奏《かな》でていた。町のどこかはるか遠くで、かすれてほとんど声の出ない犬が一匹、月に向かって吠えていた。

「ヴェラ……」

彼はノブに手をかけていた。もう自分を抑えることができなかった。欲望に逆らっていろいろ自分に反論していたのに、もうそんなことなんか頭になかった。

彼は泥棒のように中に入り、勢いよくドアを閉めた。

さっと空気が流れた。窓が開いたままで、まだカーテンが揺れていた。まぶしいほどの月明かりがベッドの上に青白い影を投げかけていた。

「ヴェラ……」

彼は近づいて行った。ベッドはもぬけの殻だった。乱れてもいなかった。ところが、彼がもたれかかった椅子に、彼女の衣類が乱雑に脱ぎ捨てられていた。スーツ、ブラウス、伸縮性の布のベルト、そしてその上にストッキングが、肉から剝《は》がれ落ちた死んだ皮膚のように置いてあった。

彼にはわけがわからなかった。どう考えたらいいかわからなかった。いったい彼女はどこにいるんだろう？　悪ふざけして隠れているんだろうか？　彼はベッドの下や、壁掛のうしろや、扉がすごくきしんだ音をたてる簞笥の中まで覗いてみた。しかし無駄だった。ヴェラは部屋にはいなかった。

ざらざらした手が締めつけるように、激しい落胆が彼の心を締めつけた。急に彼はやるせなく、もの悲しい、不安な、妬ましい気持になった。しくじりを犯したというより恥ずかしい気持になって、すごすごと退却した。そして、自分の部屋の階に通じる階段の中ほどに坐り、膝に顎をのせ、これから待ち伏せして、事情がわかってから、文句を言ってやろうと待ち構えた……

うたたねをしていたんだろうか？……眠って夢を見たんだろうか？……

今こんなふうに体が震えたのは冷気のせいだろうか？　もっとも、それは震えるなどというものではなかった。体の奥底からの戦慄だった。

けれども、彼の思い違いではなかった。彼は一つの影が通り過ぎるのを見たように思ったのだ。白い服をまとった、すばやい人影が。きっと夜の幻影を追い払う暁のもたらした産物だろう。それとも、月明かりの産物だろうか？

彼は気力を奮い起こした。いや、幻覚ではない。だれかがさっと通り過ぎたのだ。だれかがたった今ヴェラの部屋に入って行ったのだ。

彼は階段を駆け下りた。

踊り場に足を下ろそうとしたとき、両親の部屋のドアが不意に開いて、母親が出て来た。髪にカールペーパーをおかしな恰好にいっぱいくっつけ、ひどく裾の長い、ストンとした、ごわごわの夜着の上に両手を組み合わせていた。

「あら！　あなたでしたか、プロコップさん」と、母親はほっとしたように言った。「物音が聞こえたもんですから。心配になって……」

「いや、ぼくですから大丈夫」彼はなだめるような仕草をした。「コートに入れておいた薬を取りに下りて来たんですよ。今何時頃になりますか？」

「五時頃でしょう。もう少し寝られますよ」

「すみませんでした」

彼は二、三段階段を上り、ふたたび見張りの場所に腰を据えた。

と、部屋の中に戻っていた母親が間もなくまた出て来た。さいわい彼のほうを見上げることもなく、ヴェラの部屋にノックをしないで入って行った。

彼は心配になって、耳を澄ました。女たちの囁く声が聞こえてきた。となると、ヴェラは部屋の中にいるのだ。娘がはっきり聞き取れる声で言った。

「さあ、行って寝てよ……馬鹿みたいに神経質なんだから」

まさしくヴェラの声だった。彼女はいったいどうやって部屋に戻ったんだろう？　さっき見たように思ったあのぼんやりした影、あれはヴェラだったんだろうか？　じゃあ彼女はどこへ行って来たんだろう？

彼は考えるのを諦め、自分の部屋に戻った。窓から、屋根屋根の上に空が白んでいく様子を彼は初めて見た。露の降りる時刻だった。星はすでに消えかかっていた。月だけが冷たく執拗に大地を支配し続けていた……

重い頭を垂れ、肘掛椅子でうたたねしている彼をヴェラが揺り起こしに来たときには、外はもうすっかり明るくなっていた。

不思議な娘は、彼のことをじっと食い入るような目で見つめていた。彼女は彼の肩をつかまえていた。そして、薄いバスローブの上から彼の肩の骨を手に感じていた。

「さあ、起きて、プロコップ小父さん。起きて。すぐに着替えてくれなきゃだめよ。とても急いでるの……」

彼は朦朧《もうろう》として、なかなか目が覚めなかった。ひどく疲れ、ぐったりした気分だった。

「わたし、ゆうべ恐ろしい夢を見たの」と、彼女は言った。「マーラが死んじゃう夢を見たのよ……あの人に悪いことが起きたにちがいないわ。すぐに、行ってみなくちゃ」

彼女は震えていた。その尖った小さな指が、彼の肩をきりきりと締めつけていた。

「わたし恐いわ」と、彼女は言った。「ものすごく恐い。眠っている夢の中で、あの人、わたしのことを呼んだの……」

ドアは閉まり、内側から鍵がかけられていた。管理人が警視立ち会いのもとに、肩で体当たりしてドアをぶち破らなくてはならなかった。声をかけたが無駄だった、だれも返事をしなかったのだ。部屋に入り込むと、例の中国風のスタンドが周囲に黄色っぽい光を投げかけていた。カーテンは閉まっていた。大きな長椅子の上で、ばらばらになったクッションの間に横たわって、マーラ・ゲオルギエヴァが死んでいた。

体を揺すぶっても、手を叩いてみてもだめだった。なんの反応もなかった。彼女は、恐怖の入り混じったいわば穏やかな幸福感を顔に浮かべたまま、凍りついたように動かなかった。奇妙なことに、彼女の喉の、血管が浮き出たところにある小さな傷以外に、死因と思われる不審な形跡はなに一つなかった。

血痕がまったくついてない、いたってきれいな、小さな薔薇色の傷以外に。

警視は注意深く死体を検《しら》べていたが、起き上がったとき、その人の良いむっつりした顔が、異常に真面目くさった表情になった。

「なんと、この女は大量失血している」と、興奮を抑えきれずに彼は言った。「こりゃあ、並の事件じゃないな」

「自殺でしょうね、きっと」と、意味がわからなかった管理人が小声で言った。「毒を飲んだんでしょうか?」

「大量失血していると言ってるんだよ。事はもっとずっと重大だ」

「殺されたんですか?」と、部屋の入口のところに妻と一緒にいたヴェラの父親が訊いた。

「そりゃ、ありえませんよ」と、管理人は言った。「昨晩は、この人のところへはだれも来ませんでしたから。宵の口には帰ってましたけどね」

「おっしゃっている意味がよくわかりませんが」と、ミローネ・プロコップは警視に言った。

「つまりだね」口髭を生やしたこの太った男は、先ほど確認した事実に怯《おび》えているようだった。「つまり、この目の前の事態は、自然の死に方じゃないということだよ」

「犯罪なら当然、自然なわけはありませんよ」

「これは普通の犯罪じゃないということさ。このきれいな、血も滲んでいない傷口を見たまえ。ほら、この傷跡だ。まるで嚙み傷みたいだ……だれかが……なにかがこの気の毒な女の喉に嚙みついたんだ……」

「それで?」

ぼそぼそした声で言ったのはヴェラの母親だった。

「それで」と、警視は低い声で言った。「そいつは命が空になるまで、この女の血を飲んだんだ」

ヴェラは、思わず小さく恐怖の叫び声を上げそうになるのをぐっと押し殺した。プロコップは彼女のところに行き、優しく保護するように片腕に彼女を抱いた。

「それじゃ、まるで吸血鬼じゃないですか」と、信じられない様子でヴェラの父親がぶつぶつ言った。

警視は説明のしようがなくて、うつむいた。

「あんただって他に説明のしようがないだろうよ……」

不安に満ちた沈黙が部屋じゅうに広がった。居合わせた人たちは、少しずつ、青白い死体から離れて行った。

「わたしは驚きませんね」と、管理人が呟くように言った。「なにしろ変な女でしたよ。夜、寝に上がって行くと、彼女が一人で呻《うめ》いているのがしょっちゅう聞こえてましたからね」

「馬鹿なことを言うもんじゃないですよ！」と、ヴェラの父親が肩をすくめて言った。「今の世に吸血鬼なんかいるもんですか。そんなのはお伽噺ですよ」

「それは当たらんだろうね」と、痛いところを突かれた警視は言い返した。「そうとしか解釈できなかった例は、今度が初めてじゃないんだ」

ヴェラの母親が泣きだした。

「かわいそうに」と、彼女は呟いた。「とてもいい人だったのに……」

「とてもいい人で、とても優しくって……」とヴェラは、プロコップだけが気がついたなんとも言いようのない視線を彼に投げかけながら、つけ加えて言った。

そして彼女は、子猫のような小さなピンクの舌で、薄い、よく動く唇をひと舐めした。

プロコップとヴェラは、ふたたびいつもの小さな公園に出かけて行った。マーラはその朝埋葬されたのだった。彼女の死体が発見されてからあと、以前二人を引き合わせたこの人のことは、もう二人の間で話題に上らなかった。

プロコップはヴェラの腰に手を回し、半円形の鉄柵に囲まれた手入れの行き届いた芝生の周りを、黙ったまま、長い間ゆっくりと歩いた。

「妖精ちゃん、ちょっと話したいことがあるんだ」

「じゃ、話して」

「坐ろうか」

二人はざらざらしたベンチのところに行き、その前に立ち止まってそっと溜息をついた。二人の心の中にたくさんの言葉がひしめき合っていて、すぐには口に出て来ないのだった。

「ヴェラ……あの日の夜、ぼくがきみに会いに、きみの部屋に行こうとしたことは知っているかい？」

「本当？」と、喜びにぱっと顔を輝かせて彼女は言った。「でも、どうしてそうしなかったの？　どうして中学生みたいに階段の暗闇なんかにじっとしていたの？　いいえ、そうよ、わかっているんだから」

「ぼくはずっと階段にいたわけじゃないんだ」

「じゃ、どうしてぐずぐずしないで、すぐにわたしの部屋に入って来なかったの？」彼女の声は前より真面目で、熱を帯びていた。「ずっと毎晩あなたのことを待っているのよ」

「でも、ヴェラ、ぼくは行ったんだ……」

彼女は可愛らしく首を振った。そしていたわるような笑みを浮かべた。

「プロコップ小父さん、あなたは夢を見たのよ……あなたはひと晩じゅう階段にいたんだわ」

彼は記憶を無理に捻じ曲げようとした。今や、彼は迷いはじめていた。実際、彼女の言うとおりかもしれなかった。彼はいろいろなことを考えすぎて、いつも頭の中がいっぱいだった。だから、ときどき明晰な意識を失うこともあるにちがいなかった。

「妖精ちゃん」と、喉を締めつけられる思いで彼は言った。「ぼくだって、そうならどんなにいいと思ったかしれないんだけども、その……」

「そうなるかもしれないわよ……」

彼女は愛情をこめて、彼の頬に自分の頬を押しあてた。

「そうなるわ……今晩あなたの部屋で、わたしを待っていてちょうだい」

二人は手を固く握り締め、交わす約束を沈黙のうちに確認した。

日は終わりに近づいていた。公園はついさきほどから、すでに人けがなくなっていた。静かで、暖かかった。黄色い小犬がやって来て二人を見つめ、いばったような、なんとなく滑稽な恰好で小径《こみち》に姿を消した。

ヴェラはそっと手を離した。

「吸血鬼の存在を信じる?」と、彼女は目を上げずに、単刀直入に聞いた。

「いや」

「信じられない?」

「とてもね」

彼女は笑いだした。

「プロコップ小父さん、わたしと吸血鬼ごっこしない？」

彼女はサーカスの道化師のように、モワ（わたし）と言うのをモアーと言った。

「いいとも……」

彼女は、嬉々としながら、脅かすように目を大きく見開き、小さな唇をめくり上げ、貪欲そうな歯を見せて近寄って来た。

「嚙んでいい？」

「うん……でも、そっとだよ」

彼は深く考えもせずに信じきって、遊びの相手になりながら首を差し出した。

その時突然、ヴェラの目になにかを彼は見た。彼を震え上がらせ、彼女が口を触れる寸前に喉に手をやりながら、ぱっと彼を立ち上がらせたなにかを。彼の顔には、恐怖と不快の表情が表われていた。

「もう帰ろう」と、いきなり彼は言った。「こんなことはやめたほうがいい。馬鹿げているよ……」

ヴェラは、無邪気な悪戯《いたずら》をして喜ぶ小さな女の子のように、からからと笑った。そして、その笑い声は明るく響き渡った。

「あなたって、なんて感じやすいのかしら……」

翌日、ミローネ・プロコップは、くっきりときれいな薔薇色の小さな傷跡を喉につけて、ベッドの中で死んでいた。

ヴェラは彼のこうなった姿を見なかった。彼女は、早朝から、女友達と自転車でサイクリングに出かけていた。出かける前に、彼女はその友達のことを母親にこう言っていた。

「ほら、あの顔色がよくて、ぴちぴちした、首のほっそりしたブロンドの女の子よ……」

解説

垂野創一郎

トーマス・オーウェンの初めての幻想短篇集《コント・ファンタスティック》『奇妙な小径』に付された序文のなかで、ジャン・レイはこんなことを書いている。

「オーウェンは緩やかな坂を下り恐怖にたどりつく。彼の作品ではホフマンの物語のようにドクトル・ツィノーバーの不吉な駝鳥が扉の陰で待ち伏せたりはしない。ポリツキーやガベレンツの幽霊物語の轍《てつ》を踏み、何気なく読者の手をとって散歩へといざなう。だがその魂胆はといえば、いざ読者が恐怖に対面したときに見捨てて置き去りにすることなのだ。いったん怪しげな小舟に乗せられたら最後、読者は黒い水脈《みお》をあてどなく流されていくほかはなく、かろうじてできることといえば、光あふれる上流に絶望的な一瞥《いちべつ》を投げかけることだけだ。なぜならそのとき読者は彼の創り出した闇の中に、すっぽりと呑み込まれているのだから……」

年少の友人を激励するためか表現はいささか大仰なものの、さすがに知己の言だけに肯綮《こうけい》を突いている。そう、その通り。トーマス・オーウェンのコントを読む愉しみとは、素晴らしい話術に酔わされているうちに気がつくと見知らぬ場所に置き去りにされてしまう快感、いわば迷子の愉しみだ。だから下手にここで道案内なぞしてしまっては、せっかくの興を殺《そ》ぐことにもなりかねない。だから解説なぞ本来ない方がいいはずだが……でも、「下手な」道案内ならかえって迷子をますます迷子にさせて、怪我の功名で本書をますます面白く読むのに役立たないこともない……のかもしれない。

*

本書の原本は彼のベスト短篇集“*Le Livre Noir des Merveilles*”(Casterman, 1980)で、「もう一つの時間、もう一つの世界」叢書(Collection “autres temps, autres mondes”)の一冊として、作者七十の年に刊行された。収録作品の選定者の名は明記されていないので、おそらく叢書全体の責任編集を担当するアラン・ドレミューが自ら選んだものと思われる。彼はフランスSFの発展に大いに貢献した批評家兼編集者で、日本ではすでに『青い鳥の虐殺――フランスSF選』が一九七八年に白水社から刊行されている。

この“*Le Livre Noir des Merveilles*”は日本では二分冊として訳出されていて、この『青い蛇』はその第二分冊である。第一分冊は『黒い玉』として創元推理文庫で先に刊行された。

各分冊の収録作の並べ方は原書を機械的に二分割したものではなく、訳者の意向からか日本版独自の配列が施されている。あえて言えば『黒い玉』には比較的ストレートな恐怖小説が、そして『青い蛇』にはより謎めいた作品が多いようだ。だから、『黒い玉』を読んで(特に最初の二、三篇だけを読んで）肌に合わなかった人も、本書でオーウェンの新たな一面を発見できることだろう。また『黒い玉』の方には原書に付されたオーウェンの序文が訳載され、先に触れたように傾向の違う作品も並んでいるので、本書が気に入った方はもとより、気に入らなかった方も口直し（？）に、『黒い玉』を併せ読むことをお勧めしたいと思う。

＊

ところで彼の生涯を語ることは三人分の人生を語ることだ。誕生順に名をあげると、一人目はベルギー製粉業界の大物ジェラルド・ベルト（以下ＧＢ）、二人目は美術評論家ステファン・レイ（以下ＳＲ）、そしておしまいが幻想作家トーマス・オーウェン（以下ＴＯ）。このうちどれが余技でどれが本業ということもなく、三者三様にあっぱれそれぞれの人生を全うしている。こういう人の伝記など読むと、往時のクラシック・ミステリで多用された一人二役あるいは一人三役トリックというものも、かつてはさほど荒唐無稽なものではなかったのかもしれないという気にさえなってくるから不思議だ。

三人のうちで一番早く生まれたのは言うまでもなく本名のＧＢで、一九一〇年ベルギーの古都ルーヴァンで産声をあげた。大学では法律と犯罪学を修め弁護士の資格を取得したものの、当時のベルギーではこの資格は必ずしも生計の手段とはならず、結局三四年に大叔父の経営する製粉会社ムーラン・デ・トロワ・フォンテーヌに入社する。十七の年にジャン・レイと知り合い、十九の年から新聞雑誌に雑文を書きまくっていた彼はこのためペンネームの必要に迫られ、ここに第二の人格SRが誕生することになった。

四〇年にベルギーはドイツ軍に降伏し、焦土作戦の煽りをくらったGBの職場は灰になった。外国語の家庭教師などをしながら家族をかつかつ養っていた彼のもとに、スタニスラス＝アンドレ・ステーマンが願ってもない話を持ちかける。自分の監修する探偵小説叢書「ル・ジュリ」(Le Jury) に一冊書かないかというのだ。

比較的用紙事情のよかったベルギーはその頃出版ブームのさなかにあった。なかでも困窮にあえぐ陰惨な現実をひととき忘れさせてくれる大衆小説に人気が集まったらしく、TOの伝記を書いたミレーユ・ダベーのように、この時代、四〇年から四五年にかけての五年間をベルギー探偵小説の黄金時代と呼ぶ人さえいる。もっとも戦時下のこととて、この「ル・ジュリ」叢書にしても、カストリ雑誌あるいはパンフレットにしか見えない数十ページのペラペラの印刷物にすぎないのだけれども。

「ル・ジュリ」からSR名義で『今晩、八時に』(*Ce soir, huit heures*, 1941) を出したあと、アングロサクソン風の名の方が読者に受けるよとステーマンからアドバイスされて筆名を変更する。かくして『今晩、八時に』に登場させた警察署長の名をそのまま流用したトーマス・オーウェンすなわちTOが誕生した。

この年から四二年にかけて引き続き六冊の探偵小説が刊行された。人気の定着したTOは書きたいものが書けるようになり、冒頭に引用したジャン・レイの序文を付し、本書所収の傑作吸血鬼譚「危機」を含む十篇の綺譚を収めた短篇集『奇妙な小径』(*Les chemins étranges*,

1943）を発表する。その後数年の間に、ジュリアン・グリーンを思わせる家庭内心理小説『エスパラール家』（*Les Espalard*, 1943）、幻想探偵小説の『家具つきホテル』（*Hôtel meublé*, 1943）と『禁じられた書』（*Le Livre Interdit*, 1944）、「青い蛇」や『黒い玉』所収の「父と娘」など、何か精神分析の対象になりそうな話ばかりの短篇集『蟇蛙の穴倉』（*La Cave aux Crapauds*, 1945）などが陸続と刊行された。

やがて戦争が終わり経済が復興し、ＧＢの仕事が忙しくなるとＴＯは割を食い、細切れの時間のなかで書き上げられる短めの作品が増えてくる。多くの作品は会議の合間やアポイントメントの待ち時間、あるいは出張旅行時などに時間を盗むようにして書かれたという。

五〇年代にフランスの代表的ミステリ雑誌「ミステール・マガザン」の編集長モーリス・ルノーの知遇を得ると、ＴＯの作品は国境を越えて親しまれるようになる。五二年には本書所収の短篇「甘美な戯《たわむ》れ」が「ニューヨーク・ヘラルド・トリビューン」紙主催の第一回世界短篇コンクールに入選した（周知のように五五年の第二回コンクールで首席を獲得したのが久生十蘭の「母子像」）。

これと並行してＧＢもこの時期に獅子奮迅の活躍を見せ、製粉業界の大立者となっていく。わずか数年のうちにベルギー製粉業総連合会会長を手始めに、ムーラン・デ・トロワ・フォンテーヌ社社長、欧州経済共同体の製粉業協会連合会会長、国際製粉業協会会長、そして農業・食品工業連盟会長に次々と就任したというから、ＴＯの暗鬱な作品しか知らない者は驚くしかない。おまけにＳＲも倦《う》まず弛《たゆ》まず執筆を続け、友人の編集する日刊紙「二十世紀」などを根城に、一九九五年までに二千篇近い美術評論を発表しているというのだから。

その後両親や妻、盟友ジャン・レイといったかけがえのない人々に相次いで先立たれるといった不幸にも負けず、TOの創作活動はなおも続けられていく。一九六一年には「ドナチエンヌとその運命」「夜の悪女たち」を収録した『亡霊への憐れみ』(*Pitié pour les Ombres*)が、六六年には「甘美な戯れ」「晩にはどこへ？」「ベルンカステルの墓地で」「サンクト＝ペテルブルグの貴婦人」「エルナ 一九四〇年」を収録した『夜のしきたり』(*Cérémonial Nocturne*)が、七二年には「雌豚」「モーテルの一行」を収録した『雌豚』(*La Truie*)が、七五年には「鏡」「城館の一夜」「アマンダ、いったいなぜ？」を収録した『鼠のカヴァール』(*Le Rat Kavar*)が、翌七六年には「翡翠の心臓」「黒い雌鶏」を収録した『不審な家』(*Les Maisons Suspectes*)が刊行された。七五年にはベルギー・仏語仏文学王室アカデミーの会員に選出される。

この頃七八年にはおそらく本邦初紹介として、「黒い玉」が秋山和夫氏の訳で『怪奇幻想の文学7 幻影の領域』(新人物往来社)に収録された。しかし筆者にとって衝撃だったのはむしろ「小説幻妖 弐」(幻想文学会出版局、一九八六)のベルギー幻想派特集の一環として、森茂太郎氏の手により紹介された「女豚」(本書では「雌豚」)だった。この作品と氏の卓抜なベルギー幻想作家論「『まつろわぬ』ものの影」のおかげで、一気に筆者はベルギーのフランス語(ワロン語)圏幻想作家のファンになり、トーマス・オーウェンはもとより、ジャン・レイ、フランツ・エランス(その長篇「メリュジーヌ」は若き日の日影丈吉が鍾愛《しょうあい》したそうだ)、ミシェル・ド・ゲルドロードなどの作品をたちまち書棚に溢れかえらせることになってしまった。あのアンソールの絵そのままに誰も彼もが仮面を被っていて、金持ちも貧乏人もひとしなみに何かに怯えている、脂《あぶら》肪気の抜けた、生活感の希薄な登場人物たちが織りなす物語は、一度はまりこむと病み付きになる魅力を持っている。

あだしごとはさておき、その後一九九四年から一九九八年にかけて、エッセイ・旅行記などを含むTO名義の作品総てと初期のSR名義の小説が、全四巻合計四千ページの全集に纏められブリュッセルの出版社クロード・ルフランから刊行された。長く垂らした髪に大きなリボンをつけた、どう見ても女の子にしか見えない四歳時のTO（その彼が中年を過ぎると江戸川乱歩そっくりの頭になってしまうのだから、時の流れは残酷なものだ）など興味深い多数の写真、その大部分がTO自らの手になる各作品の解題、ミレーヌ・ダベーの詳細な伝記、海外版まで網羅した書誌（もちろんその中には「海外文学セレクション」版の『黒い玉』『青い蛇』も記載されている）、そして作品によってはヴァリアントまで収録するという気合の入りまくったこの全集は、いかにTOの作品がベルギーやフランスで愛されているかを物語っていると思う。二〇〇二年三月二日、ブリュッセル国際ブックフェアの会場で倒れGB＝SR＝TOは不帰の人となる。享年九十一であった。

＊

本書のような作品に対しては、先に読んだ者は何も語らないのがエチケットであるように思う。というよりむしろ、これは読んだあとで人と感想を語り合うという類《たぐい》の本ではない。だから最後に一言二言変なことを言って、読者を迷わす迷解説の任を終わることにしよう。

ここに収められた作品には、コメディア・デラルテの舞台よろしく、四人の同じ役者が入れ替わり立ち替わり登場しているように、筆者の目には見える。四人の役者とは誰々か。最初の三人はマリオ・プラーツの名著のタイトルを借りて言えば肉欲と死と悪魔。そして四人目は「犠牲者」。

ほかには誰も出てこない。作者自身はもとより人間性《ユマニテ》も神も。まことに余計なものは一切排除された潔癖にして禁欲的な舞台である。それもそのはず、そこはプロレスのリングにも似た、ある種の試合のための場所なのだから。

四者はタッグマッチよろしく鬩《せめ》ぎ合う。肉欲と死と悪魔の三者は一見いつも共闘しているように見えるが、仔細に見ると必ずしもそうではない。彼らの間にもやはり争いはあるのだ。

しかし戦いが終わっても、勝者はあからさまな勝鬨《かちどき》をあげたりはしない。敗者も見苦しい嗚咽を漏らしたりしない。勝者も敗者もひとしなみに慎ましく、古くからの友達同士のように仲良く退場していく。ただ、ときおり奇妙な置き土産が誰もいない舞台に残されて、勝敗の行方をおぼろに示す。翡翠の塊とか婦人乗りの自転車とか片翼の鳥を肩に乗せた少女の石膏像とか……。

原題一覧

翡翠《ひすい》の心臓　Le Cœur de jade
甘美な戯《たわむ》れ　Bagatelles douces
晩にはどこへ？　Wohin am Abend?
城館の一夜　La Nuit au château
青い蛇　Le Serpent bleu
モーテルの一行　Motel party
ドナチエンヌとその運命　Donatienne et son destin
雌豚　La Truie
ベルンカステルの墓地で　Au cimetière de Bernkastel
サンクト＝ペテルブルグの貴婦人　La Dame de Saint-Pétersboug
エルナ　一九四〇年　Elna 1940
黒い雌鶏《めんどり》　La Poule noir
夜の悪女たち　Les Vilaines de nuit
鏡　Le Miroir
アマンダ、いったいなぜ？　Amanda, pourquoi?
危機　Le Péril

本書は一九九四年、小社から刊行されたものの文庫化である。

検印
廃止

訳者紹介　1935年生まれ。早稲田大学文学学術院名誉教授。専門は19世紀フランス小説。訳書に「フランス幻想文学傑作選Ⅰ・Ⅱ」，シュネデール「空想交響曲」，オーウェン「黒い玉」，著作に「バルザック　生命と愛の葛藤」がある。2015年逝去。

青い蛇　十六の不気味な物語

2007年5月11日　初版
2021年10月8日　3版

著者　トーマス・オーウェン

訳者　加《か》藤《とう》尚《なお》宏《ひろ》

発行所（株）東京創元社
代表者　渋谷健太郎

162-0814/東京都新宿区新小川町1-5
電話　03・3268・8231-営業部
03・3268・8204-編集部
URL　http://www.tsogen.co.jp
工友会印刷・本間製本

乱丁・落丁本は，ご面倒ですが小社までご送付ください。送料小社負担にてお取替えいたします。

ISBN978-4-488-50503-5　C0197